———— 阅读之前 没有真相

午夜文库

夜行者

[韩]尹高恩 著
陈欣 译

NEWSTAR PRESS
新星出版社

目录

1	一	丛林
25	二	沙漠的天坑
55	三	断开的列车
75	四	三周后
101	五	人体模特之岛
131	六	漂流
157	七	美奈星期日
173	尾声	红树林
181	作者的话	

一 丛林

北上，
高气压、樱花、某人的讣告。
南下，
黄沙、罢工、垃圾。

    过去的一周，运作效率最高的是讣告。出殡日一过，死讯便失去了短暂的时效，自然得快速办理。
    消息始于庆尚南道的镇海。那里偏偏是初春樱花率先盛开的地方。某天下午，这里经历了一场巨大海啸的洗礼，一切生活都戛然而止，化作了点、点、点。迎接花海的人，行走的人，日光浴下的建筑，还有海边的路灯，无一幸免，全都化作了点、点、点。
    尤娜在周五下午南下前往镇海。尤娜是一名旅行策划人员，她任职的丛林旅行社虽然没有推出与镇海相关的旅行产品，不过很快就会有了。她到达镇海后的首要任务是向当地发放慰问金并派遣志愿者。丛林旅行社近千名员工每人捐出了一万韩元，为了转交这笔赙金，并表达深切的慰问，同时也为了掌握事态的发展，尤娜在镇海度过了周末。根据丛林旅行社的分类方法，灾难分成火山、地震、战争、干旱、台风、海啸等三十三大类，由此衍生出一百五十二种旅行产品。尤娜计划推出结合镇海的海啸事件与志愿者服务的产品。

比起从首尔南下镇海，返回首尔花的时间更长。春暖花开，花簇由南到北推进的速度比尤娜返程的速度还快。南海岸发生海啸后，新闻里先播完天气预报和樱花盛开的消息，接着就转播化为废墟的社区向何处移动的画面，也就是海洋垃圾漂流的预计路线。那里有被丢弃的生活用品，尤其是塑料制品，不易腐烂但容易被遗忘的东西，经久耐用却在记忆中短暂停留的东西。没过几天，这些垃圾又向南移动了一些。虽然仍漂浮在海面，却已经不在昨天的那片水域。

关于垃圾漂流的预计路线众说纷纭。有人说会漂流至太平洋某处，形成一个相当于朝鲜半岛七倍大小的垃圾岛；也有人说两年后垃圾会经过智利近海，甚至有人预想了十年后的路径。大多数人都祈愿垃圾的漂流路线不会与自己的行动路线有任何重叠。就好像排除日常生活中的危险要素——剜去土豆表皮的嫩芽、取出卡在皮肉间的子弹一样，人们想要逃离灾难，离它越远越好。然而，也有人特意去寻找他人唯恐避之不及的危险要素。他们带上救生包、手摇发电机、应急帐篷之类的东西，四处寻找能称得上是灾难的物件。换句话说，有人会特意动身去寻找流向茫茫大海的垃圾岛。而"丛林"正是为这些人服务的旅行社。

尤娜也曾憧憬过那样的旅行。尤娜的首个旅行目的地是长崎。其实把她吸引到那里的是旅行指南上的一段话："这座城市里有好几座天使像，原子弹爆炸后，因火灾、暴风肆虐，它们的头部不翼而飞。"旅行指南里标示的是失去头部的天使像所在的位置，而尤娜真正感兴趣的是不翼而飞的头部去了哪里。当然，尤娜对大部分她感兴趣的东西常常只字不提。她关心大石头上掉落的小石子、鲜鱼身上刮下的鱼鳞、土豆表皮上剜去的嫩芽、沾上血迹的子弹——这些事物的现在。

尤娜在"丛林"就职超过十年，她四处搜索灾难并将它们商品化，这份工作和她孩童时代心心念念的东西毫无交集。尤娜只是对于量化所有事物谙熟于心。灾难的频率、强度，生命及财产损失都化作了形形色色的图表，贴在了尤娜的办公桌上。一旁还放着世界地图和韩国地图，图上地名旁标识的备忘录，大部分都是分析灾难时的必要信息。如今对于尤娜而言，某些地名成了灾难的代名词。比如，新奥尔良让她想到卡特里娜飓风留下的印迹；在新西兰可以一窥让整座城市轰然倒下的大地震；在切尔诺贝利仍可一探核泄漏形成的幽灵村庄和放射性落尘形成的"红树林"；在巴西贫民窟体验惨不忍睹的经济现状；在斯里兰卡、日本和普吉岛亲历海啸的淫威；在巴基斯坦感受特大洪水的侵袭。细究起来，没有一个城市可以幸免于难。灾难宛如忧郁症一般，潜伏在世界的每个角落。当刺激超过某个临界点，病症便开始化脓、破裂，然而它也可能销声匿迹、从不现身。

全世界每年大约发生九百起里氏震级五级以上的地震，同时每年有大约三百座大大小小的火山会喷发——这些事实对于尤娜而言，好比信号灯由绿转红或由红转绿一般寻常不过。去年全世界因为自然灾害而死亡的人数接近二十万。近十年来平均每年死亡人数大约为十万。由此看来，显然灾难的频度和强度都在不断加剧。虽然科学技术推陈出新，可以防范的灾难种类不断增加，但与此同时新型的灾难也如雨后春笋般接连出现。总之，这些都是工作。对于尤娜来说，数不清的灾难便是她的业务，有时候，相较之下显得微不足道的事件在尤娜的脑海里却等同于巨大的灾难。乍一看，这种比较略显奇怪，然而事实就是如此。

"课长，客服中心转过来的。"

后辈把电话转交给了尤娜。然后她便开启了一串机械般的回答，像是"这位贵宾，如果您要取消的话，就会产生手续费"，或是"条款上都写得很清楚"。准确来说，这些不属于尤娜的业务范畴。即便如此，她还是接了好几通由客服转接过来的电话，就好像自己的办公桌无形之中被移到了他处。

"先生，我们无法办理退款。"

客户对于这类回答的反应千篇一律。

"还剩下三个月呢，竟然要收百分之百的违约金，这样说得过去吗？我是因为孩子病了才想取消的，真的完全不能退款吗？不对啊，怎么会有商品不能取消呢？"

"可以取消，但是已经付清的预约金是无法退款的。"

"可以取消，但不能退款，天底下怎么会有这种事？早知道，那一开始还不如少付一些订金！事到如今，我也只能向消费者院[①]举报你们了。"

[①]指韩国消费者院한국소비자원，英语官方译名为 Korea Consumer Agency。

"要不我为您将电话转接到消费者院？不过您这样做也无济于事。条款从一开始就写得很清楚，无论在哪个时间点取消，都无法全额退款，而您是以此为条件签约的，也已经签名了。您全额支付了预约金，也相应得到了大幅度的折扣，因此这个选择看起来并不坏。如果您选择出行，等于是在最好的时间点用最优惠的价格提前签下了约。现在提前签约同类产品，客户需要多支付百分之三十五的预约金呢。"

"喂。"

客户的声音终于冷静了下来。

"我的孩子病了。他都已经住院了。按照人之常情，你不应该帮我们取消吗？"

"如果您愿意的话，我们可以替您取消。"

"但是退款办不到，是吧？"

"您了解得很清楚。"

"你叫什么名字？"

"先生。"

"我问你叫什么名字？你说话这副德行真让人不爽，我受够了！报上你的名字！"

"我叫高尤娜。"

电话就这样被挂断了。对方明显是生气了，尤娜自然也动了怒。大多数情况下，顾客通话对象的职务级别越高，他们就会越宽宏大量。所以时不时就会发生客服中心把电话转给策划人员的情况。尤娜之所以生气，是因为她正有很多工作需要处理，根本无暇被这种电话打扰，而且公司也不会允许这种事情发生。尤娜是旅行社的智囊，可不是动嘴皮子的角色。

尤娜心想，业务范围一点一点被改变是不是意味着自己被罚了黄牌。她刚进公司就知道黄牌的存在。与其说黄牌带有警告的意味，不如说它更接近于一种宣告破裂的信号音。一旦收到黄牌，除非发生天崩地裂的大事件，否则自那刻起就无法阻止此人的失势。尤娜原以为会有一张实体的黄牌，以信件或电子邮件的方式寄来，或是托人送过来。然而黄牌并没有以那些形式出现，而是用一种神不知鬼不觉的，巧妙无比又足以让当事人感受到职场危机的方式粉墨登场。

收到黄牌的人眼前有两条路可选——要么在改变后的业务环境中努力打拼，要么就使出浑身解数表达自己的反感。也有人在一落千丈后，隐忍坚持了五年才重返原本的岗位。归来时原先的属下摇身一变成了顶头上司。虽然返回原岗，那个人却没能撑多久，因为他的身体已经吃不消了。也许是黄牌带来的沉重打击和五年来跌宕起伏的生活催生出了他大脑中的肿瘤吧。尤娜并不知道那个人是谁。那是坊间"隔壁组部长的故事"。

最近尤娜有一种感觉，每到上班时间，自己就像蒲公英种子一般碰巧飘进了公司。明明是自己的座位，却好像今天才坐上第一天，别扭得很。每当看到刚入职的新人在走廊里进进出出，她就觉得忐忑不安。和她要好的三五同事在休息室里连连抱怨，正是这种氛围让尤娜说出了一些话。大家一开始只是随口闲聊，直到尤娜说出那些话，气氛突然变得凝重起来。说者无意，听者有心——刚才还像丢进垃圾桶里的废纸——左耳进右耳出，这下闲聊的同事，一个个一本正经地问起尤娜：

"是不是遇到什么烦心事了？"

尤娜感觉自己被推入了险境，连忙抽身离开。然而事实上，就在几天前，确实发生了一件让她不愉快的事情。尤娜准时去开会，却不见一人。一名后辈睁大了眼睛，从不远处向尤娜走来。

"今天不是开会吗？"尤娜走出空荡荡的会议室，问道。结果后辈眨了眨眼回答："今天不是FOUL①吗？"这又是什么新的流行语？还是简称，或是暗语？仔细一想，前几天去隔壁部门的时候，她记得听到有人说"因为是FOUL的关系嘛"。她一头雾水，应了一声"是哦"，便错过了询问"这是什么意思"的最佳时机。她原本想，与其纠结单词的意思，不如找出它在什么情况下会反复出现就行了，可是她却毫无头绪。明明可以随便拉一个人一问究竟，可在别人面前暴露自己的无知又让她心生不安。这件事情的荒唐之处就在于其他人好像都知道这个词的意思，三五不时就会用到一次。

后辈匆匆地走远了，尤娜又茫然地看了一眼空荡荡的会议室，转身走进了电梯。一般会议结束后，大家都会跑去洗手间或是吸烟室，排解一下忍耐多时的需求。可是那天尤娜没有开会，就已经筋疲力尽。当时金和尤娜一起搭上了电梯。

"强生让我向你问好。"

---

①原文中使用了파울（Foul，英语"犯规"的韩语音译），该词为本小说的重要线索。

"谁？"

"我说的是强生，我的小强生。"

金的手指指向自己的胯部。那是在一部从二十一层下行至三层的电梯里，当时只有金和尤娜两个人。金不给尤娜一丝面露惊讶的空隙，伸手一把抓住臀部——尤娜的臀部。他不是不小心，而是有意而为之，俨然一副就算被识破蓄意而为也无所谓的姿态。

"你不是还很年轻吗，怎么还是听不懂我的话？"

尤娜尽可能自然地移动身体，避开金的手。然而这一次金的手一把伸向尤娜的衬衫里。尤娜的心顿时一沉，这并不是因为她目睹了金不为人知的一面，也不是因为自己受到了上司的性骚扰，而是因为据尤娜所知，金只对失势的人实施性骚扰——像是那些收到黄牌的，或是即将收到黄牌的人，说不定金的骚扰本身就是一张黄牌。

尤娜想要抽身，但身后的电梯监控让她心有顾虑。即便监控对着背部，她还是希望能若无其事地站着。她可不想被人发现。电梯监控二十四小时运作不停，加上电梯门说不定什么时候就会打开，到时候里面的情形便将一览无遗。即便如此，金还这么大剌剌地伸出咸猪手，好像根本不在乎丑事暴露，也完全无视尤娜的反应。就在这时，电梯门突然打开，走进来两个人。金的手已经从尤娜的胸前移开，乖乖地插进了自己的口袋。金用一种别人能隐约听见的声量说："所以说，你也要多花些心思在语言上，不懂时下的流行语，就好像身上贴着一个'我落后别人也没关系'的标签，在众人眼前走来走去。"

金走出电梯后,剩下的人瞟了尤娜一眼。在那之后,金又两度将冰冷的手伸进尤娜的裙底。重点并不是手的温度,而是那只手本身,但冰冷的手感更让她厌恶到起鸡皮疙瘩。每当有人事变动,金都会带上尤娜,整整十年他一直是尤娜的直属上司。他是一名有能力的上司。确切地说,他不是一名有能力的上司,而是一名有能力的下属,也因此能保住目前自己作为上司的头衔。人事考核权百分之五十掌握在金的手中,而他又是个喜恶分明的人。凡是他看不顺眼的人,他就要招惹到对方忍受不了才肯罢休。但如果任由他欺负,他说不定就会得寸进尺。尤娜最怕的是让其他人知道她成了金的新猎物。金如果选择更隐蔽地实施性骚扰,并且能保守秘密的话,尤娜甚至是愿意忍气吞声的。尤娜想着想着,又摇了摇头。现在最让她感到不舒服的是最近三次她都选择忍而不发。她感觉自己像是在助纣为虐。不过她觉得经历过这些的人,都能理解她的犹豫不决。

那年是暖春。回想那个春天,尤娜首先想起的不是花朵,也不是绿叶,而是汗水。在海啸肆虐的那个春天,尤娜挥汗如雨,四处奔走。可一到秋收的时刻,金叫来尤娜,说:"你这不是FOUL吗?这样,你从这次的策划项目里退出来,把精力放在优化和检查现有商品上来。"

那天下午,尤娜处理的业务一般都是交给新人来做的。

"明天我们一起聚餐吧。大家都很忙，不过越忙，越是要喘口气。这次就别选五花肉了，来点不一样的吧。就由高科长来统计一下大家的意见，看看组员们想吃什么。"

因为金喜欢纸质文件，所以唯独尤娜的小组比其他组更容易用完A4办公纸，以至于后来他们不得不采取双面打印。为了决定聚餐的菜单，尤娜在征询了大家的意见后，制作成书面文件交给了金。然而这份文件以及上面记录的征询结果，因为当天早上金的一句话化为了泡影——"我们就吃五花肉吧"。接下来的几天就这么过去了。尤娜不是在复印文件，就是在接电话。尤娜甚至闲到还浏览了"可以告诉你几月几号死亡"的网站。输入个人资料，按下死亡计算键的那一刻，尤娜受到的冲击只是"啊，原来我之前也上过这个网站"。

数字快速减少的画面似曾相识。也许几年前的某一天，她也同现在一样输入了个人资料，当时电脑屏幕上的电子时钟也同今日一般马不停蹄地计算着时间吧。一秒钟，不，眼前正活生生地直播着人生被分割成比一秒更小的单位，一点一点被消磨殆尽。时光匆匆，这几年她早已遗忘一个事实——自己并非首次登录该网站。即便在她忘却的时间里，人生的时钟也一刻不曾停息。尤娜曾经的好奇心再次被燃起，她再次惊讶于数字的减少，而与此同时，时间还在缩短。

尤娜坐在数字似乎随时会归零的屏幕前，仔细地思考。到头来左右命运的就是一个瞬间。人们都说年会上若是发生火灾，一般发现尸体最多的地方是外套寄存处。也许只是习惯使然，许多人在生死的十字路口，一窝蜂地涌向外套寄存处，结果他们中的大多数人都因踩踏丧生。发生火灾时、地面震动时、警报响起时，应该放下手上的所有事情马上撤离。什么找外套啦，准备包啦，保存笔记本数据啦，按下手机按键啦，到头来这些细枝末节的行为将决定孰生孰死。

假若尤娜此时经受的是一场灾难，就有必要回头检视是什么行为将她推入这般窘境。说不定正是一些微不足道却不容忽略的事情，导致尤娜成了黄牌的处罚对象。至于被金性骚扰之前的事情，尤娜已经记不太清了。总之，她当下这种不舒服的感觉显然是金带来的。尤娜下班后给投诉办公室发了邮件，随即就收到了回复。投诉办公室的崔说要请尤娜吃晚餐。

崔是丛林旅行社里少见的年长女性。所以让人觉得她不像是公司的同事，甚至有一种平易近人的感觉。崔问尤娜喜欢吃什么的时候，真的一门心思都在选菜上，让人觉得很舒坦。她们最后点了平壤冷面和白切肉。崔在征求尤娜的同意后，又点了一瓶烧酒。尤娜心情沉重地开了口。

"就像我在给您发的邮件里说的，对方是策划三组的金朝光组长。"

"那个讨人厌的金朝光！"

崔的反应让尤娜吃了一惊，但也因此很快打开了话匣子。崔说很能理解尤娜的心情，她说道："金组长惹的祸可不是一两件，我这边积攒了不少对他的投诉。"

"金组长他，树敌不少吧？"

"敌人是不少，不过要称他为敌人也很尴尬，因为根本没法和他较量。就好像大象和蚂蚁对打。"

"您听过这么一种说法吗?说是金组长下手的对象都是风光不再的人。"

尤娜真正好奇的是这件事。

"这个嘛,我只清楚申请面谈的人的状况,这么看来会不会是结果论引发的传言?和金组长较劲后能留在公司里的人又有几个呢?"

两小时过去了,又喝空了两瓶烧酒,崔对尤娜说道:"尤娜,我是真的把你当作么妹才这么说的……听我的,放开别纠结。"

尤娜放开胆子向喉咙猛灌一口酒。她知道崔说的不是酒。

崔接着说道:"这种事情司空见惯。你可以告发他,把问题搬上台面,但从长远看,到头来受累的还是尤娜你啊。再说对方本来就是个老滑头,总是可以顺利脱身。'要是讨厌寺庙,和尚就自个儿走人'① 这句话用在这里正合适。"

尤娜在听别人说话的时候有点头的习惯,这在过去被视为值得嘉许的态度,现在也是如此。崔把尤娜的反应理解成是同意她的说法,于是她拍了拍尤娜的肩膀,说她做了正确的决定。在又喝空一瓶烧酒后,尤娜也真的接受了崔的劝说。

虽然面谈倾诉的内容理论上是会保密,但这一点似乎在同类的受害者之间并不适用。几天后,尤娜在通信软件上收到

---

① 韩语俗语,大概意思是对一个地方不满意的人,只能选择离开。

一些人发的消息,按照他们的说法,他们是必须和尤娜"并肩作战"的战友。其中的四位(里面也有男性)在公司外面等着尤娜。最后尤娜在一家离公司相当远的小吃店与他们见了面。尤娜大概猜出了他们几个为什么找上自己。

"我们一定要抓住这次机会把金组长轰走。两年前,我们也试图这么做,可当时准备不足就草率行动,最后落得个一败涂地。所以我们这次准备得非常到位。听到高科长您也和我们有相同的苦恼后,虽然内心百感交集,但又觉得有了坚强后盾。"

一言以蔽之,他们想揭发金的恶行,可是这些人个个看起来落魄潦倒。听着他们说话,尤娜不由觉得,关于金实施性骚扰对象的下场的传言不见得是空穴来风。偏偏尤娜在这些人当中又是职级最高的。尽管他们似乎因为尤娜是首席策划员而大感欣慰,但对尤娜而言,这些人给她带来的负担不亚于金。与他们见面后,尤娜甚至产生了自己"只不过"受过三次性骚扰而已的念头。有些人还经历了更露骨的性骚扰和严重的暴力行为。和他们相比,尤娜基本还算"毫发无伤"。

一个处境看上去最窘迫的男人对尤娜说:"下周一,我们计划在公司大厅举行示威。受害者是无罪的,我们的诉求堂堂正正。真正该羞愧的不是金朝光这小子吗?课长,请您加入我们吧。"

"你们可能误会了。虽然是发生了一些上不了台面的事情,但还没达到性骚扰的程度。其中也有我自己误会的地方。"

听了尤娜的一番话,大家似乎有些惊慌失措,心情急切的男人说:"课长,我们几个都看到了。"

这下换作尤娜惊慌失措了。

"公司里有好几台监控。可能只有课长您不知道,但其他人都知情。我们也知道您很不自在,但是如果遮遮掩掩,我们的处境会更为难的。"

"我们"这个词让尤娜更觉得为难。尤娜想以有约在身为由,借机开溜。

"我们知道您不知所措。不过越是这样,我们越要齐心协力。我们会再和您联系的,因为您也需要时间考虑。"

尤娜匆忙地答应说好,接着站起身,拉开门向外走,却发现自己的鞋不见了。因为尤娜的鞋不翼而飞,人群中引起了一阵骚动。这家餐厅的构造是包间沿着走廊一字排开,说不定是别的包间的客人穿错了尤娜的鞋。

"所以我才说客人您要将鞋摆进鞋柜里嘛。最近常常发生这类事情,真让人伤透脑筋!唉,鞋子不见了,这下可怎么办才好?"

餐厅老板毫无意义地一阵大惊小怪,已经关上的包间门也因此再次被打开。里面的一位受害者对尤娜说,如果她有约在身,可以去附近给她买一双鞋。尤娜谢绝了这份好意,向餐厅借了一双质量粗糙的拖鞋,穿上后转身离开。

弄丢的鞋其实原本是一双加单只。也就是说,当初买那双鞋的时候,店里赠送了单只右脚的鞋子。要是这双鞋在这家店里没有被窃,剩下的单只右脚的鞋子也不会孤零零地留在家里。剩下的那只鞋让尤娜想起了那群人,也想起了金,令她很不自在。

后来尤娜又收到了几封邮件和几通电话,不过她都保持沉默。因为她不想让自己受到性骚扰一事成为既定事实,她也不想成为据理力争的受害者,站在公司大厅公开抨击金。更准确地说,她不想被归在遭受性骚扰的那群人里——那些风光不再的人、失败落魄的人,那些小鱼小虾们。发现尤娜无意与他们并肩作战,他们说了声"我们明白了"便转身离开。不久后尤娜上班经过大厅时,与站在那里拉着横幅的一众人打了个照面。那些人并没有遮住面孔,反而是尤娜不自觉地遮住了脸。几天后,示威的人全都受到惩戒。那天,尤娜把那单只右脚的鞋也扔了。

"对方说拜托您了。"

后辈一边把客服中心的电话转给尤娜一边说道。电话那头的男人不停地说:"拜托真的不能想一个办法吗?"他其实想说:"拜托真的不能取消吗?"电话这头的尤娜真想回一句:"拜托你真的不能结束这通电话吗?"但听到男人接下来说的话,尤娜不禁哑口无言。男人说,原本和他报名同行的人死了。

"同行的人和您的关系是直系亲属吗?"

"并不是。"

"我们确认之后会再与您联系。"

尤娜再次向那个男人询问了电话号码后便挂了电话。可是到底要怎么确认呢？这趟旅游行程取消与否完全在尤娜一念之间。一旦打定主意，尤娜可以在不收取手续费的情况下为他取消行程，但这并不是公司方面鼓励的做法。可是人都已经死了，还怎么去旅行呢？尤娜觉得应该替那个男人取消行程。可是就在下午，镇海旅行产品的宣传册突然出现在尤娜的办公桌上，上面挂着隔壁小组同事的名字。尤娜怒上心头，觉得在公司再也坐不住了，便稍稍提前下了班。

尤娜下班回家一般要换乘三条地铁线路，不过也可以只搭乘两条线路。这几年间，回家的线路选择变得五花八门。这都归功于地铁线路中站与站之间越发紧凑，再加上开通了新线路，既有的线路又向临近的城市不断延伸。尽管选择的地铁线路会有些许差异，不过尤娜从公司回家花费的时间正在逐渐缩短。地铁线路可以纵横交错到这种程度，不免令人诧异。然而说到尤娜的心情，她总觉得回家的路途仿佛越发漫长无味。尽管地铁线路这般一路扩展延伸，下班路上还是人满为患，让人疲惫不堪。都市越扩充它的腹地，向它投怀送抱的人越络绎不绝。这时她接到一通电话，是上午打电话来的那个男人。他不是说自己的旅行同伴死了吗？这下无论如何是去不成了，所以他请求取消行程。虽然对这个在自己下班路上还打电话来死缠烂打的男人一肚子火，但相较之下，尤娜更怨恨的是连下班人员的电话也如实告知的丛林旅行社。尤娜对这个等待自己处置的男子做出了如下"判决"。

"只有在当事人死亡时才能退款。"陷入汹涌人潮的尤娜这么说道，"所以您的同行者可以取消旅行并获得退款，而先生您需要出行,不然就只能在无法拿到订金的前提下取消行程。"男人挂断了电话。尤娜抬头望着地铁线路图。即将开通的线路上的点、点、点令人窒息。已经运行的线路逐渐变得越来越长。尤娜想用火点燃地铁的车厢尾部,就像用火烫碎布的尾端一样,以免线头再次松开。

夏天揭开了序幕。花已经谢了好些日子。樱桃树上黑色的果实掉落一地。黑色的樱桃前赴后继,在人行道的砖块上留下了瘀血的痕迹。尤娜终于递上了辞呈。

"你就说实话,你是想要休息呢,还是想找其他工作?"

金一边说一边在自动售货机上买了杯咖啡给尤娜。金的提问信手拈来。

"我想休息一阵子,身体状况也不太好。"

金点了点头。说不定尤娜的回答正是那种再常见不过的台词。

"就算这样,我也不能就这么放你走吧。"

尤娜只是静静地盯着地面。

"不如这样吧。我给你休一个月的假,你就先好好休息,去旅行一趟。这次不是站在公司员工的立场,而是从消费者的角度去体验一下。正好现在有几个旅行产品,我们正在讨论要继续还是收手,你就在里面挑一个,经费可以全额报销。只要你旅行回来写一份报告就行。这十年一路打拼下来,你不累才怪呢。"

"我的职位可以空缺一个月吗?"

"以你的立场是休假,但公司这边还是以出差来处理,你就别担心了。可要由你来决定产品要保留还是放弃,因为公司会参考你的意见,决定产品的去留。"

"我策划的项目也包括在内吗?"

"嗯,没有。"

"那么,这些项目应该另外有人负责吧。我真的有权这么做吗……"

"项目的负责人怎么可能客观地做出评价?这种情况之前常常发生。这次是由我来主管的,再说你不是我信赖的首席策划员吗?作为一趟出差,这可是个天大的爽缺,你懂吗?"

尤娜露出意想不到的神色,于是金轻声细语地说:"我进公司第十年的时候,我的恩师也采用了相同的方式,当时我顺理成章地接受了。工作一段时间后,我发现这是一家极度冷酷无情的公司。幸亏这次赶上了绝佳的时机,你就当这是公司为你这位长期效力的员工送上的礼物吧。"

反正一开始就没有抱着非辞职不可的决心提交辞呈,倒是觉得她如果不付诸行动释放一些信号,金可能对她越发得寸进尺。在这里,休息并不是一个稍作休息的逗号,而是一个彻底结束的句号。当员工觉得自己心力交瘁的时候,常常采取迂回的方式,递出休假申请,然而事实是很多人从此再未返回公司。不过,也有把句号当作逗号处理的相反案例。至少公司领导层想留住这个人才——如果是必要的人才——是不会任由对方递出辞呈的。就尤娜的情况而言,她还需要做各方面的确认，尤娜认为此时双方算是达成了一种心照不宣的协议。金是在拿自己犯下的过错和一份出差爽缺做等价交换。此时此刻，倘若金没有轻轻地拍打尤娜的腰部两下，尤娜差点儿就把"小强生"这一茬给忘了。

尤娜仔细浏览了"丛林"当下推出的旅行产品目录。上面有"火山的赭红能量""大地的震动""水之审判——诺亚方舟""惨不忍睹的恐怖海啸"……排名前十位的产品中没有一项是尤娜策划的。其中有尤娜播种施肥，吃尽一番苦头却偏偏无法有幸收获硕果的产品——这项产品后来交给了其他负责人。光是看到标题里镇海、樱花这样的字眼，尤娜就怒上心头。该产品目前位列销量排名第七位。这等于是不必出手就有现成的便宜货可捡，那位新负责人现在应该正快乐地哼着歌吧。一想到这儿，尤娜又是一肚子火。

可供尤娜选择的产品有五种。这五项可能面临下架的产品里并没有尤娜策划的项目。尤娜的业务水准让她的产品介于最受欢迎和最受冷落之间。尤娜决定通过与客服通话的方式获取产品相关信息。当尤娜说自己正在为产品五选一而发愁时，客服毫不意外地推荐了最贵的产品。

"我想为您推荐'沙漠的天坑'。它比其他产品价位高，是住宿条件好的缘故。因为是刚建好的度假村，所以整体很干净，这是一款兼具度假休养功能的产品。火山、沙漠、温泉，能够一次体验三种主题的机会毕竟不常见嘛。它的价格比其他产品贵了两成，不过您的满意程度只会多不会少。"

客服这一番介绍听起来，他完全不知道自己正在宣传的商品价格已经跌了两成以上。既然能报出差费，站在尤娜的立场，理所应当选择最贵的产品。

"沙漠的天坑"是一款六天五夜的产品。目的地是一个叫"美奈"的地方，尤娜觉得应该先在网上查一下那个地方在哪里。美奈是一个和济州岛一般大的岛屿。如果要前往美奈，必须要经由越南南部。先搭乘飞机到位于胡志明市的国际机场，再坐巴士到藩切这个港口城市，接着还要从藩切坐船三十分钟左右才能抵达美奈。尤娜大概明白为什么这项产品不受欢迎。光是往返行程就各需要一天，与其他灾难旅行产品相比，能够欣赏的风景却寥寥无几。尽管如产品名称所写，沙漠中的确有天坑出现；也像宣传材料上的文案所说，是一道"望而生畏又令人悲伤的风景"，但问题就出在，如今它已经形成一片湖泊，所以看上去并不可怕也不特别。如今说起"天坑"，人们脑海里浮现出的至少是——二〇一〇年破坏了危地马拉市中心的一个深达五百米的诡异巨坑。尤娜已经早早开始怀疑美奈这个区域能否满足客户的期待。她顺便把自己即将搭乘的航班也整个搜索了一遍。这么做纯粹是习惯使然。

欲望与关注程度成正比。当你静静地扫了一眼某个地名，还未仔细打量眼前的地图时，你的欲望宛如豆子般大小。而一旦抱有兴趣开始进一步了解，欲望便越滚越大。尤娜这才想起一个她遗忘已久的事实——她是因为自己喜欢旅行才来旅行社就职的。尤娜虽然出差去过几次海外，但工作还是以国内线路为主。虽然也能以个人的身份去旅行，可是真的碰到休假日，尤娜却哪里也没去成。出差也好，旅行也罢，一想到就要踏出国门前往其他国家，头顶上紧闭多时的窗户就仿佛稍稍开了一道缝。一股微凉又陌生的空气跟着吹了进来。

尤娜取出了尘封已久的护照。抽屉里，还在有效期内的、已经过了有效期的护照加起来一共有四本。第一本护照上尤娜的照片就像保罗·克利①的自画像一般没有露出耳朵。护照照片的规定是朝着渐渐露出耳朵和眉毛的形式进化的。嗯，虽然不知道这算是进化还是退化，总之是朝着露出更多面部特征的方向在改变。虽然旅行日程还未决定，但尤娜已经拿出了行李箱，先把护照和相机放了进去。

假如灾难将整个世界一分为二，形成时间的断层，那么相机就是一种帮助我们真实显现断层的工具。当咔嚓一声按下相机快门，眼前它所拍下的已经不再是人物或风景，而是时间的空白。有时候，相较我们当下经历的时间，短暂的空白反而对我们的人生更具影响力。尤娜心想，也许所有旅行在出发之前，就已经越过了起跑线。旅行只不过是确认已经迈出的脚步而已。

时间耐心地流逝着，尤娜在休假前处理完了必须完成的业务。其中一项是为来电两次的男人取消行程，而且不收取任何手续费。为了这件事情，她必须要提交一份五页的文件。尽管如此，工作上的这个漏洞，另一方面也像是给尤娜提供了呼吸的气孔。

出发日在七月初。虽然还有一个多星期才出发，尤娜却像

---

①保罗·克利（Paul Klee,1897-1940）是一名瑞士裔德国籍画家。

是忘了什么急事似的,开始把东西一件一件放进包里。防蚊手环、常备药,还带上了要送给当地孩子的铅笔和糖果。另外,也需要便秘药和腹泻药。尤娜一边整理行李,一边不免想,真有必要带这么多东西吗?最后虽然好不容易合上了背包,但每天她总会再打开背包一次。有时是需要再加东西进去,有时是把东西拿出来需要当场使用。接连几天,尤娜都在横跨两个世界的状态下度过,直到出发当天一早,背包才算是真正合上了。

现在尤娜终于置身于自己想象中的机舱内了。她把毛毯拉到颈部,凝视着没有棱角的机窗。下方的景色化成了点、点、点,就像是万家灯火做了马赛克处理。从上方俯瞰,这座都市已经进入饱和状态。而当人们身处一座过度肥胖的都市时,一切都显得稀松平常。此时已是夜晚,航班飞行得十分顺利。

二　*沙漠的天坑*

六名旅客已经在越南第一国道上流动了三小时了。他们乘坐的巴士卷入了巨大的摩托车浪潮之中，正处于不是漂流胜似漂流的状态。摩托车几乎占据了大街小巷——不是停着，就是在路上奔驰。司机不是在等待要载的某个人，就是为了寻找客人而东张西望。在路上飞驰的最多可载四人的摩托车，在地上等距离插放的越南国旗，把面包、面条放入一个篮子里的摊贩——这些景致有规律地在路边粉墨登场。屋檐下和大门装饰得格外漂亮的两层楼房，以及宛如茂密发丝般的电线一齐闪过巴士的车窗。透过车窗瞥一眼办着婚宴的喜气洋洋的庭院，或是向成堆的墓地按下相机快门——车上的旅客借此阅读、记录着当下。

其中最吸引尤娜目光的是以各种形态在道路上闪现的韩语文字。写着"快速配送"的背心、"车上装载危险物品"的T恤，还有在巴士应该出现"自动门"文字的位置上，贴上了"自动凵"①。

"现在在越南，很多车辆还原封不动地贴着首尔的巴士线路图。韩国的旧式车辆会出口到这里。据说车上如果贴着几个韩语文字，交易价格会更高。因此人们刻意剪下韩语文字再贴在车身上的情况屡见不鲜。但是只要仔细观察，就会发现到处都

---

①韩语原文是指把自动门（韩语：자동문）的最后一个韩文文字문贴反成了곰。

有乍看之下是韩语写的句子，但意思却与想表达的内容大相径庭。我前一阵子还搭乘了经由中央市场，去往景福宫和麻浦区厅的巴士呢。当然实际路线自然不是这样啦。很有意思吧？"

虽然长途跋涉，但导游不愧是经验老到，依然活力十足。她的名字叫"露"，虽然是韩国人，但一年里差不多有十个月待在越南、柬埔寨等地。露说这些地方里她最喜欢的就是美奈，因为美奈下榻的地方特别高档。

一号国道第一次与大海交汇的地方是越南的海滨城市藩切。这里是前往美奈必须经过的关口。巴士在藩切的一家大型超市的入口处停了下来。导游从副驾驶座上站了起来。

"我们在这家大型超市差不多休息一小时再出发。因为美奈市没有大型超市，如果各位要购买生活必需品或是零食什么的，就请在这里买齐。"

一小时后，游客重新回到巴士上，大家购物篮里装的东西大同小异，像是 G7 咖啡、OralB 的牙刷和越南烧酒 NếpMới 之类。所有人的购物篮里都有一捆牙刷。因为导游说在越南牙刷卖得特别便宜，因此大家也就随大流跟着一起买了。有几个人笑着说，对前往灾难发生地观光的旅客来说，这些购物篮里的东西会不会太日常、太普通了？

"说不定美奈的风景比我们想象得更普通、更平常。"一名男子向尤娜说道。

同行的人里有两名男子。一名是刚退伍的大学生。据他所说，他从要入伍时就开始为这趟旅行做准备。另一位男子看上去四十岁上下，没想到却意外年轻。他才比尤娜大一岁，说自己是一名编剧。向尤娜搭话的正是这个男人。虽然他写的剧本还没有一部拍成电影作品,但他卖给电影公司的剧本数量高达两位数。相较主业,他目前主要靠各种副业维持生计。剩下的两名女子是一对母女。妈妈是小学教师,带着五岁的女儿一起来的。接着轮到大家连珠炮似的问起尤娜来。

"您还是未婚吧?"

"你几岁呀?"

"您从事什么工作呢?"

尤娜无法坦承自己是来出差的旅行社工作人员,也没法说开发此项行程的策划员就是隔壁部门的同事。她很好奇坐在面前的导游是否知道旅客的个人信息,不过幸好露知道的就只有护照上的信息。尤娜为自己量身定做了另一份工作。结果她成了一个三十多岁、一家小咖啡店的老板——这本来就是尤娜常常憧憬的生活形态。其实如果真有那么一天要从丛林旅行社卷铺盖走人,尤娜想开一家卖咖啡和派的店铺。

"其实我是借了学生贷款来的。这趟行程真是贵得离谱。嗯,不过保险费也丰厚,趁这个机会对家里尽一回孝道也不错嘛。"

大学生是以开玩笑的口吻说的,而导游的脸色却变得一本正经。

"只要大家遵守注意事项,就不会发生意外,但如果因违反规定而发生意外,是没有办法拿到补偿的。"

"哦,这点我也知道。其实我原本就对公平旅行[①]很感兴

[①]公平旅行,该理念来自公平交易(fairtrade),公平旅行强调观光旅行时对当地环境的保护、当地文化的尊重,以及希望为当地带来经济收益。

趣。虽然我的朋友们都去参观博物馆啦、宫殿啦，但我对那些都不感兴趣。等这趟旅行结束，我想要比任何人都努力地生活。但假如真的不幸挂掉的话，也算是对父母尽点孝道。"

大学生一说完，导游再次斩钉截铁地说："你不可能有一丝出意外的可能。我们'丛林'的服务体系，可不是随随便便拼凑起来的。"

大学生一边摇着头，一边将视线转向窗外。尤娜在这段对话中发现了两处盲点。其一，这趟行程恐怕很难满足大学生感受公平旅行的期待；其二，"丛林"的服务体系并不能百分百保证行程的安全。尤娜想起了之前在"丛林"发生的几次安全事故。虽然意外死亡的案例可以用一只手数完，但导致意外的事由包括强盗、交通事故和热病等。这类倒霉事，当然不太可能是旅客自行选择的灾难。这些是未经过行前提示，也未曾拿来宣传的灾难。从尤娜的立场出发，导游等于是在无意之间说了谎。露所说的话在她相信的信息范围内的确是事实不假，然而并不是没有发生过意外。只不过是消息没有传出去，或者传得有些慢而已。

当鱼酱的味道如夜色一般匍匐着临近时，他们到达了目的地。尤娜深深吸了一口气，心想这应该是鱼露的气味吧。这是一种之前只在书中读到过的味道。鱼露可以视为一种鲜鱼发酵后的鱼酱，在腌制过程中灵活加入食材，些许的变化使它征服了这一带家家户户的餐桌。美奈曾是一个靠着鱼露勉强维持生计的地方。"美奈的每一个早晨都在渔获的忙碌中度过，美奈的每一个夜晚都充满了鲜鱼腌渍发酵的味道。"这是旅行指南上的第一句话。然而实际上，这一句并非现在时态。当下美奈的大部分劳动人口都外流到临近的越南城市。如今能在美奈嗅到的鱼露腥味，并非来自美奈当地，而是从临近的越南港口城市藩切传来的。

不管怎样，尤娜并不讨厌这股腥味。因为到某人家或是某人所在的村庄时，嗅觉只有在第一时间才会受到刺激。一旦气味变得不再陌生，自然难以随时感知到初次接触时那种强烈的嗅觉刺激。

巴士在椰树郁郁葱葱的道路上奔驰。天色幽暗的美奈并未轻易松口路的尽头会有什么。夜幕降临，漆黑一片，这是一座见不到一处繁华闹市的岛屿。因此度假村的入口显得格外敞亮。巴士停在名为 Belle Époque[①]的度假村的前面。这是一个得天独厚的度假村——"坐拥专属海滩，所有客房均为海景房"。

"很高兴见到各位。欢迎光临，这里是美奈。"

经理是当地人，他操一口流利的韩语前来迎接他们。尤娜穿过大厅，望着远方的大海。所有客房都以单层小屋的形式漂浮在海面上。海滩到小屋之间的二十米则由木桥连接。尤娜入住的单层小屋在最边上。工作人员打开房门，向尤娜介绍小屋的内部设施。自动开闭的窗帘、电视、音响、迷你吧、保险柜及照明灯等——这些都是一般高级度假村内部会有的设

---

① Belle Époque：法语意思为美好时代。一般认为是从 19 世纪末开始至第一次世界大战爆发前的一段时期。科学技术日新月异，欧洲的文化、艺术及生活方式都在这一时期发展日臻成熟。

施。接着他一边说"这个是我们度假村的独家特色",一边按下了遥控器的最后一个按键。那个按键是用来操作贴在客房门旁的巨眼雕塑装置的。

"可以用眼皮开合的状态来表达您的意愿。如果双眼眼皮都垂下,则表示不希望被打扰,如果将眼皮往上拉,就代表要求客房清扫服务。"

夜深了。大家都在各自的单层小屋里适应这个陌生的夜晚。大部分小屋的眼皮都设置成了"请勿打扰",唯独那位教师的小屋,眼皮开合不定。那是她的孩子贴着落地窗,站在那儿不停按着遥控器的缘故。

尤娜靠在沙发上。白色的寝具看上去非常干净,让人可以毫无顾忌地拿来裹住身子。浴缸一边放着一个装满玫瑰花瓣的篮子,窗外几米下的大海正沉沉地睡着。好久没有这么休息了。尤娜心想这趟行程也许会比自己想象中的要好。甚至提前有一种结束旅程后会怀念这里的感觉——这样的自己让尤娜有些陌生。人们对旅行有所期待——经历不可预知的种种变化,从日常生活的重担里放空释怀,尤娜缓缓地思考着这些可能性,异乡的第一个夜晚也就此降临。

早晨的大海风平浪静,四周也悄然无息。尤娜享用早餐的时候,没有任何事物搅扰她的心情。波浪声透着清亮,阳光也并不灼热。时间尚早,几个看起来像是当地居民的人正在整理庭院。他们向尤娜打了声招呼。

尤娜似乎是第一个来到餐厅的客人,她被带到了一处视野最佳的座位。尤娜在咖啡与红茶中选了咖啡,又在荷包蛋、煎蛋卷和炒蛋中选了荷包蛋。厨师问鸡蛋需要单面煎熟还是双面煎熟，尤娜回答单面煎熟就好。

"竟然在烦恼鸡蛋要单面煎还是双面煎。啊，这种烦恼真让人幸福。你说是不是？如果生活都是这种烦恼，给我有多少来多少。换作平时，要知道鸡蛋怎么煎，哪面煎有什么用？只要不烧焦就已经万幸了。你说对不对？"

不知何时，作家来到尤娜的对面坐了下来。很快他点的咖啡和鸡蛋也被端上了桌。他喝了一口咖啡说："听说这里的工作人员有二百人呢。"

"真的吗？我还不知道有这么多。他们都藏在哪里了呢？"

"不过我看这里的人也许是太乐天派了，做起事来都不卖力。听导游说，这里最卖力的员工和不卖力的员工薪水相差十倍以上呢。卖力的员工可以一个抵十个用。"

"原来如此。昨天那位经理应该就是一名高收入者吧。"

"换算成我们这边的货币的话，听说经理的月薪超过三百万韩元呢。考虑到这边的物价，算是超级高薪了吧。不过最近好像没什么客人。这里不也只有我们一行人吗？虽然我也喜欢这种包场的感觉，但是想到食材之类的还是会担心他们会不会库存过多。"

他只动了三下勺子，就把半月形的煎蛋卷吃了个精光。不远处的庭院里，造景工作依然热火朝天。

"你要多吃点，听说今天的行程很满。"

"您去过沙漠吗？"

"去过几次吧。等一下你可要好好挑选衣服。去一趟沙漠回来,细细的沙子会沾满全身肌肤。我们不是会在肉上撒盐和胡椒调味嘛,就是那种感觉。"

　　作家一边说着话,一边又扫光了两盘煎蛋卷。他是一个吃饭、走路、说话速度都很快的人。他们用完早餐正要起身的时候,那位教师和她的孩子走进了餐厅,最后大学生和导游也用了餐。整个度假村不见其他客人。

　　沙漠位于岛屿的北方一带。一行人分坐在两台四驱车上。在环岛公路上奔驰的并不只有他们。当地的孩子乌泱乌泱地跑出来挥着手,几个孩子还跟在车后面一起跑,甚至有牛群当起了路霸。牛儿们的身形酷似远处沙漠的棱线。原本还远在天边的沙漠,突然转眼映入眼帘。

　　虽然墨镜能有效遮挡迎面而来的风沙,但尤娜想感受沙漠最本真的颜色,便摘下了墨镜。远处亮白的沙丘与葱绿的椰林之间的界限,好似一面双色国旗般层次分明。随着蔚蓝的大海粉墨登场,双色国旗摇身一变成为三色国旗,接着色彩变得愈加丰富,仅靠三种颜色难以诠释。沙漠仿佛自行分列组合,创造了无数色彩。尤娜第一次知道沙漠也存在饱和度与明度,描述沙漠时,需要用上万种色彩形容词。沙漠的色泽随着沙子的颜色而改变,因而名称也会有所不同。既有白沙漠,也有红沙漠。即便是同一名称的沙漠,色彩也会因为空中飘着多少云朵,云层之上的阳光是否直射而变化无穷。灾难肆虐后的地区为何看起来如此平静祥和?眼前这片沙漠让尤娜移不开目光。

"这里是白沙形成的白沙漠。自古以来,在美奈这片土地上,卡奴族和汶达族这两个部族因为争夺土地而斗争不断。一九六三年,卡奴族就在这片沙漠,用农耕器具大肆屠杀汶达族。这是一场因为居住地被抢夺而实施的复仇。那场屠杀发生的夜晚,大雨倾盆而下,三天后周日的清晨,事件就发生了。白沙漠的一部分就好像被钻孔机打了洞一样,呈圆形一路塌陷。当时人们都以为那是神灵的诅咒,但如今人们知道这是天坑——一种沙漠中可能发生的自然现象。总之,散落在沙漠中的头颅一个个滚落至天坑内。据说坑洞的深度达一百八十米左右。在这场惨剧发生后,卡奴族竟然又在村庄开始了第二次屠杀。如今眼前这片美丽无比的沙漠居然曾经上演过如此惨烈的悲剧。"

孩子听着导游的说明,两眼闪闪发亮。这里曾经竟有个塞满人头的坑洞。然而她已经找不到自己想象中的坑洞了。因为水流渐渐灌进了天坑,如今那里已经形成了一片宽广的湖泊。人们称此处为人头湖,但现在漂浮在水面上的不是人头而是莲花。即便听到导游说洞口已经被水填满,孩子还是不依不饶地问着被砍下来的头颅都去哪儿了。黑白照片上的画面已经模糊不清,完全激不起孩子的兴致。除了孩子之外,每个人都露出了认真的表情。女教师说:"我们此行的目的不正是要避免这一历史惨剧重演吗?"作家点了点头。

他们在一处能欣赏湖景的休息站坐了下来,让出汗的身体凉快凉快。一群双眼大如铃铛的孩子走近他们,开始兜售物品。他们卖的是手镯、笛子、玩偶之类的东西。有的孩子背着年幼的弟弟妹妹出来，也有的孩子在烈日下为游客们撑起大伞。孩子们先是挤进一群外国人当中，又突然吓了一跳，一溜烟儿地跑了。原来休息站的老板盯着那群孩子，面露凶色，那些孩子垂头丧气地跑到角落后又折返回来，叫嚷着："一美元！"

"那边那个是什么？"尤娜指着远处一幢建筑问。导游回答那个方向是红沙漠。导游说那里正在建造一座高塔，高塔一旦完工，就可以在瞭望台上俯瞰沙漠与大海。然而这座高塔不可能有完工的一天——据尤娜所知，那座高塔正处于停工状态。她听说启动这项工程的厂商中途放弃了。美奈从各个方面来看都处于停摆的状态。

沙漠给尤娜的第一印象让她产生了一种想伸手触碰的冲动。然而即便想伸手触碰沙漠的剪影，手心里也只会剩下一捧沙子而已。仿佛是为了填补这种渴求，尤娜爬上了倾斜的沙丘。他们一行人跟着一位半途加入、身手矫健的老奶奶，站上了沙丘的顶端。老奶奶在尤娜身后推着"雪橇"。这只是一片像木片的塑料板，但是当作雪橇很好用。孩子坐上雪橇，一举滑下沙丘，这么一连滑了好几次。

"这位是一九六三年'猎头事件'的遗属。她说她靠这份工作维持生计。"

尤娜想用相机拍下眼前这位皱纹深邃、眼窝凹陷，无法读懂表情的老奶奶。刚拿出相机，老奶奶就来了句"一美元"。可是一知道要成为镜头中的模特，她就一个劲儿地摆起姿势，因为太过刻意反而效果不佳。最后尤娜只捕捉到了一张老奶奶收工后逐渐走远的背影。

孩子蜷起身蹲坐在小屋前的海滩上。没过多久她又一溜烟儿地跑到了几米开外。孩子刚才的位置上,形似炸药的立式鞭炮像雷电闪过一般炸得震天响。女教师连忙从远处跑了过来,一边打孩子的屁股,一边把她拖走。母亲质问女儿从哪里拿到的那么危险的东西,女儿说是休息站的孩子给的。

尤娜走到孩子刚才的位置看了看。鞭炮已经燃尽,尾端熏得发黑。鞭炮四周无数蚂蚁掉落一地。看来孩子是在"蚂蚁城"的顶部引爆了"炸药"。除了蚂蚁之外,其他栖息在海滩的昆虫也满地打滚。尤娜把鞭炮扔进垃圾桶,又在那里踱了会儿步,发现甩开母亲的孩子从不远处跑了过来。女孩就像重返犯罪现场的凶手一样,寻找刚才立着鞭炮的位置。可是鞭炮早就被拿走了,而波浪也朝着度假村的方向越打越近,填满了立着鞭炮的洞口。

"蚂蚁们会疼的,其他很多昆虫也受伤了。"

"头掉下来了吗?"

尤娜有些为难,不知面对孩子天真烂漫的小脸如何作答。孩子仿佛等不及尤娜的回答,用脚使劲踩着四周的蚂蚁。

"我得进行二次屠杀。"

"不可以,这么做昆虫们会很疼的。大家应该和平共处,对不对?"

"咦？它们在搬运受伤的蚂蚁同伴，趁现在！"

孩子拾起附近散落的树枝咔吱咔吱戳起蚂蚁来。因为地面不像柏油马路那么坚硬，而是松松垮垮的，蚂蚁们在沙滩里东躲西藏，孩子一副焦急郁闷的模样。尤娜不禁想，是不是该给灾难旅行设置年龄限制。孩子仍然在"屠杀"蚂蚁。尤娜回想起自己小时候也曾抓过蟋蟀、蝈蝈，拿美工刀给它们开膛破肚。

"可是为什么有这么多虫子呢？虫子都从地底跑出来了。"

孩子的话刚说完，豆大的雨点倾盆而下。尤娜抓起孩子的手跑进度假村里。

眼前大雨如注，大家一边欣赏，一边享受下午茶的时光。经理为大家准备了加入炼乳的咖啡。咖啡一滴一滴像是敲打着什么一般，嗒、嗒、嗒地滴落在杯子里的冰块上。当你静静端详时，时间也宛如打点一般嗒、嗒、嗒地停了下来。

"从她满周岁开始，我就一直带着她到处走。虽然很多人说，孩子们不会记得牙牙学语时的旅行经历，然而带她旅行回来后，我真的亲眼见证了她噌噌噌地不断成长。她会想吃之前绝对不碰的食物，开始学会使用工具，还会尝试去做原本一个人办不到的事情。这些就发生在我眼皮底下，所以就算是为了孩子，我每个假期也会尽量带她出门。"

女教师说完这些，瞧见女儿全身湿透着走了进来，于是连忙起身。她说去给女儿洗个澡再回来，便离开了座位。这下轮到作家接了话茬。原来作家本来打算去森特勒利亚，但一转念就来到了这里。森特勒利亚是美国一个火势延烧了五十年的村庄。随着小小的火苗点燃了村庄的煤矿,柏油马路融化烧尽,大部分的居民远走他乡。

"有一部叫《寂静岭》①的电影就是以那儿为原型的吧?我也对那个地方很好奇,听说地下煤矿全数烧尽还需要花二百五十年,所以去那儿的时间还绰绰有余。"

听到尤娜这番话,作家说:"看来您也懂点儿行。"他说出于这个原因,他推迟了去那儿的计划。作家来了兴致,滔滔不绝地讲起自己的旅行见闻。大学生则聚精会神地用着只有在度假村特定区域才能使用的Wi-Fi。他在手机上浏览着网上的消息,接着说道:"听说在日本海岸发现了篮球。"

"篮球?"

"是镇海海啸的残骸。一个住在镇海的孩子用马克笔在篮球上写了名字,结果这个篮球在日本的某个海岸被人发现了。看来篮球是漂到了那里吧。"

"话说要寻找灾难也不必大老远跑去别的地方,我们国家现在也不再是海啸的安全地带了。"

"听说南部海岸一带都成了废墟。"

"不过我们为什么大老远跑来这里?"

女教师这么问道,没过一会儿她已经回来了。

"因为离得太近反而会让人害怕。像是每天盖的被子,每天用的碗筷——我们和这些日常拉开一定距离,才能更客观地看待问题,不是吗?"

---

① 《寂静岭》(Silent Hill) 是2006年上映的加拿大恐怖电影,改编自日本电子游戏制作商KONAMI公司开发的同名恐怖游戏的第一部。

尤娜的话似乎引起了大家的共鸣。大家又交谈了一阵。就在他们倾囊分享灾难旅行的知识与感想时，导游提醒他们这里正是灾难旅行的地点。

"明天我们有火山之旅的行程。请大家用完早餐后，早上十点来大厅。"

去了一趟沙漠回来，大家的心情难免有些兴奋。但这也说明旅行的高潮来得太早了。在尤娜看来，从沙漠回来的第二天开始，接下来的行程安排都索然无味。这种丝毫不讲究起承转合的行程究竟是谁策划的？尤娜似乎明白为什么这里会被纳入结构调整名单了。

"请大家想象一下之前提到的各种混合物猛烈跌向地下深处的过程。这种地质学意义上的鸡尾酒真的很惊人。来，各位，现在我们已经到了火山的入口。大家都知道注意事项吧？不可以走到熔岩的上方。就算表面上看起来很坚硬，其实地底下可是沸腾滚烫的岩浆。事实上一九〇三年就发生过一起事件，导致一名美国游客死亡，另外五名游客受伤。火山灰云会以每小时一百公里的速度沿着山脊下沉。内部温度高达几百度呢。而且，火山岩的表面像刀刃一样锋利，请大家不要随意坐在地面上。"

导游的话听起来空洞无力。虽然火山入口处立着的警示语努力重现这种恐怖感，然而这里的氛围却不足以使人害怕。不远处，当地的孩子们在地面上滚来滚去，开心地玩耍。火山入口处的摊贩，用充满韩国风情的方式缓解了游客的饥饿感，在五花八门的零食里，还有韩国生产的方便面和米饭。因为他们是仅有的观光客，所以他们抱着一丝责任感进行了消费。有的孩子卖自己亲手刻的木工艺品，有的孩子则当起了卖花童。他们还时不时开动生意头脑，在木工艺品里插上一两张明信片一起卖。纪念明信片也单独销售，然而有的明信片上的风景照并非当地的。尤娜瞧见这里大剌剌地卖起印有印度尼西亚默拉皮火山的明信片，心中再次核实了这一点——此地的行程亟待结构调整。

导游就像是站在一桌乏善可陈的宴席前，大力宣传菜肴的推销员，看起来一副筋疲力尽的模样。虽然导游描述了很久以前火山喷发的那一刻，但她说的话和描述的场景实在无法让人产生身临其境的感觉。

"她还不如不说，这只不过是在耍嘴皮子嘛。"

作家也露出了失望的神情。

"话说，如果不事先告诉我们，你们看得出这里是火山吗？根本一点儿都看不出来嘛。"

听到尤娜的话，女教师回答："你们不觉得这里的间歇泉很像家附近的水井吗？"

大家站在被称作间歇泉的泉水顶端投掷硬币。泉水仿佛是照单全收一般接下了大家丢出的钱币，原来泉水早已冰凉。当地的孩子们熟练地让大家一人一组或两人一组，骑上马背，让每人手握一朵鲜花，随后引导他们来到火山顶。马蹄声就像节拍器一样轻快地嗒嗒作响。大学生一不小心把花掉落在地。花朵纵身坠落，在空中扬起与它等重的尘埃后，便葬身于马蹄之下。

人们站在火山口，一边像丢捧花一般投掷花朵，一边拍下照片。还有人许了愿。捧花在空中划出一条抛物线，轻轻坠入火山口内。对尤娜而言，她只觉得自己干净利索地进行了垃圾分类回收，并没有任何激动可言。她暗自期待火山灰像礼炮一样炸开后四处飞散。

女教师随身带了两册速写本，她期待旅行的所见所闻能像浮雕一般栩栩如生地记录在孩子的速写本里。可是孩子连画都没画，到头来屁股挨了妈妈几下打，才心不甘情不愿地打开了速写本。然而她的画里却没有母亲期待的内容。孩子唰唰唰信手画了五张画——第一张画的是在度假村享用的巴西式烤肉，最后一张则画了散落在坑洞里的一个个头颅。前者完全不符合这趟旅行的主旨，后者则让人看了颇为不快。孩子的画中，被砍下的脑袋一个个面带笑容，而且是一张张熟悉的面孔。好巧不巧，正好是六个脑袋。

"妈妈，这就是我们呀！"

孩子还加上了多余的说明。女教师一阵难堪，担心这张画会给其他人带来不快。孩子作画时安安静静没有东扯西问，让大人轻松不少，但如果早知道画的是这种画，还不如让她问个尽兴。无论是在移动的车辆上，还是走在街上，女孩都像"十万个为什么"，不停地问着孩子气的问题。一开始女孩的问题有助于活跃气氛，但现在已经慢慢有些烦人了。她像玩接龙游戏一样，对所有的事情都打破砂锅问到底。从某一刻起，不只是她的母亲，连导游也开始对她的提问随意敷衍了。

最近的灾难旅行不只是倾向于体验灾难现场，还结合了其他相关要素。其中既有结合观光和志愿者服务的产品，也有结合观光与生存游戏的产品。甚至还有观光与教育相结合，兼顾历史与科学的产品。女教师忍不住嘟囔自己选错了产品，早知道应该直接选教育类的产品。

"最近的孩子呀，都以为只要抓住了雪蟹，剥开它的脚，里面就有白白的美味的蟹肉呢。他们还以为抓到鱼以后，只要对半切，里面的鱼肉就已经烤好可以吃了。让孩子亲身体验自然，从中学习，这样再好不过了。不过这里的主题有些模棱两可。"

"妈妈，那边那个是什么呀？"

女孩按捺不住又发问了。

"妈妈，你看那边的黄色卡车，那个是什么呀？为什么会跑？"

孩子的母亲也不知道卡车奔驰的理由。就算知道，她也会搬出同样的回答。

"妈妈没有看到哟。"

"妈妈，你看那边，那边。卡车停了下来又跑起来了。真的跑得好快。"

"妈妈没看到。"

"看那边，妈妈。现在别的车开过来了。"

"妈妈没有看到哟。"

车子突然一阵加速，这下孩子的母亲不用受累回答了。其他人不知是真睡还是假睡，全都闭上了眼睛。只留下孩子一个劲儿"为什么""为什么"地问个不停。

灾难旅行中，人们产生的反应大致是以"冲击→同情、怜悯或不适→对自己的生活心存感激→责任感、教训或即便在这种状况下我依然活了下来的优越感"的顺序出现。会被打动到哪个阶段因人而异，但最后，通过这场冒险之旅可以确认的是对灾难的畏惧，以及对自己还活在当下的确信。换言之，这带来一种利己的抚慰——即便灾难近在咫尺，我依然安全无虞。

然而从这款"沙漠的天坑"旅行产品里，尤娜感受不到任何灾难旅行带来的感受效果。如今她唯一期待的只剩下计划中两天一夜的寄宿体验。这项活动是要体验一九六三年"猎头事件"发生的那两天一夜，但游客需要从两个选项中择其一。

"大家可以选择以汶达族或是卡奴族的立场度过这两天一夜。因为居住地有所不同，所以根据您自身的偏好选择就好。"

女教师和孩子选了汶达族，作家和大学生则选了卡奴族，理由仅仅是为了避开那个孩子。作家邀请尤娜选择跟他们一起，但尤娜反而因为这席话，选择了汶达族。一行人就这么分成了两组，分别搭上了四驱车。汶达族的住地就在白沙漠一旁的河道上。

"这里就是昨天在天坑发现遗骸的汶达族的住地。住地的样式是水上房屋。我们拿出部分观光收入投建此处，以期回馈并帮助汶达族孩子们的健康保障与教育发展。为了避免给村里的人造成不便,请大家不要跑得太远。我们的小丫头也不要和妈妈分开跑太远哦,知道了吗?"

孩子嘟起了嘴,躲在妈妈身后,说了句不着边际的话。

"妈妈,导游姐姐说要砍我的头。"

日程安排里这一晚是住在当地人家里,因而游客们抱有很大的期待,可是住宿并非易事。Belle Époque 度假村提供的空调设备,松软舒适的床上用品,这里一样都没有。更要命的是,这里的厕所太过"亲近大自然",当听说这样的厕所都是特地为游客才建造的,大家也只能把苦水往肚子里吞。

"电视是靠电池启动的,因为这里没有通电。你们看到放在小船上的房子了吗?雨季一到,人们就像这样用小船载着房子搬家。现在已经进入雨季啦。"

漂浮在水面上的美发厅从窗外经过,去上学的孩子们也一并经过。一个坐在大型橡胶盆里、在水上穿行的孩子与尤娜一行人四目相对,马上做了个"V"的手势。

"哎呀,姐姐好漂亮。"

几个孩子甚至靠了过来,为他们唰唰掸去灰尘。因为这些孩子时常照看,这里的椅子看来连积灰的机会都没有。

"这些孩子会几国语言啊?"

听到尤娜的话,女教师起了恻隐之心,望着那些孩子回答道:"这些孩子会的都是各国语言中表达美的字眼吧。谁听了都会开心的那种话,漂亮、可爱、帅气,诸如此类吧?"

一个孩子看到有和自己同龄的韩国女孩,便靠过来小声说了一句"好漂亮"。孩子边说边指着她的眉毛。女教师的女儿露出些许害怕的表情，仿佛她刚通过这句话才认识什么是眉毛。

虽然活泼可爱的孩子在哪里都受到关注，但在这里最受关注的孩子并不阳光活泼。那个孩子有一双水汪汪的眼睛，泪水时时在眼眶中打转，无论是与尤娜还是与女教师四目相对时，都会反问一句："妈妈？"

一个汶达族的女人不舍地搂住这个孩子说道："这孩子的妈妈不久前死了。孩子现在还蒙在鼓里呢。"

这个汶达族的女人说，孩子的外婆在发生天坑现象时身怀六甲，好不容易捡回一命。孩子的妈妈后来死于遗传疾病。尤娜一行人逐渐地认识到一个恐怖的事实——一切的一切都始于那个坑洞。见到女教师伸出手，孩子又说了句"妈妈"，有气无力地抱住了她。女教师的女儿也许是觉得当下的氛围有些诡异，径直走向躺在不远处的一条狗那里。

这是一条老狗，一天下来大部分时间都是肚子贴地这么趴着。即便头顶挂着的蓝色吊床好像马上就要碰到它的脊背，即便女教师的女儿爬上吊床在上面晃荡了几回，这条狗还是纹丝不动。当然它的岁数不可能老到可以亲历一九六三年的那场祸事，但它看上去似乎在一九六三年后就一直静止不动。就算你用相机对着它，它也不会有任何表情变化。

带着他们的汶达族的女性向导名叫"南"。南带着他们进行了半天的活动，向他们介绍如何准备食材、吃上一顿饭——从钓鱼到上菜的全过程。到了傍晚，她带着美甲的工具来到尤娜面前坐了下来。南的英语相当不错。

"汶达族的女人自古以来就手艺出众。这类东西，我们很擅长。"

她是一个表情丰富，容易给人留下深刻印象的女子。就这样，一个善于端详陌生人手脚的人，与一个羞于向陌生人伸出手脚的人，两人面对面坐着开始了美甲。尤娜的手指甲与脚指甲被逐一染上了粉红色。室内的风扇页依然转啊转，室外西沉的太阳看起来也转个不停。

夜幕降临。尤娜拿起相机，把水上小屋的各个角落都收藏在了镜头里。潮乎乎的床上用品、像吊死鬼吐出的舌头般的吊顶电灯泡、生锈的屋顶，以及打一开始就不打算让人关上的房门。或许是因为寝具潮乎乎的关系，尤娜无法直接平躺在床上，有好长一段时间都只是坐着。最让人头疼的还是厕所。尤娜没想到要在这个暗森森、湿漉漉的临时茅房拉下裤子露出臀部，更没想到过去三天的便秘偏偏选在这里释放。

灾难也落在了女教师的头上。女儿把玩具落在度假村了，本来以为只有两天一夜，这件小事无关痛痒，没想到她彻底失算。孩子虽然没有吵着找玩具，却也让女教师力不从心。因为孩子需要符合她年纪的玩具。虽然导游给了她一支画着小企鹅宝露露[①]的圆珠笔，但对于一个五岁的孩子来说，小企鹅宝露露早就过时了。如果是小巴士ＴＡＹＯ[②]或是变形警车

[①]小企鹅宝露露（韩语：뽀롱뽀롱뽀로로）是由韩国艾康尼斯娱乐公司制作出品的儿童电视动画片。1998年于韩国首播，2004年开始在全球范围播出。
[②]小巴士ＴＡＹＯ（韩语：꼬마버스타요）是由韩国艾康尼斯娱乐公司制作的3D儿童电视动画片。2010年于韩国首播。

珀利①,说不定还能发挥作用。没有小巴士TAYO,也没有变形警车珀利,孩子开始精神涣散。吃完晚餐,大家各自回到房间后,这种情况更是变本加厉。孩子在水上小屋不停地找遥控器,为了让不知贴在何处的眼皮垂下。为了抚慰上蹿下跳的女儿,女教师筋疲力尽,很快就睡得不省人事。不久后,孩子找遥控器也找累了,在妈妈身旁呼呼大睡起来。不知是电视里的音效还是在做梦,尤娜在半梦半醒之间听到了好几声惨叫,但是没有人走出房门一探究竟。

  第二天一早,天刚破晓,尤娜一行人就得开始收拾行囊。敞开怀抱招待他们一晚的水上小屋已经满目疮痍。眼前宛如是一九六三年那天晚上的情景再现,汶达族的族长在夜里身亡,他的"首级"就被悬挂在他们的门前。沙漠里到处都是沾满鲜血的农耕器具。汶达族的女子蓬头垢面,一身凌乱地跑了过来,告诉他们要赶紧撤离。尤娜一边绕开四散在地面宛如尖石般的头颅,一边迈起了步子,女教师和女儿也迈开了腿,他们身后还有好几个人,大部分是替丛林旅行社的一行人搬运行李的孩子,他们看上去都不满十岁。太阳逐渐升起,沙漠也灼热起来。虽然穿着厚底的凉鞋,但是尤娜感觉脚板像踩上了烤盘一样发烫。
  现在他们站在白沙漠的顶端,眺望下方上演的一出好戏。

---

①变形警车珀利(韩语:로보카폴리)是由韩国RoiVisual公司制作的动画片,2011年于韩国首播。

汶达族被手持武器的卡奴族刺伤、推搡、绊倒。当然，这并不是一场"一边倒"的打斗，因为在某一时刻，他们所有人都哗啦啦掉进了沙坑。因为音效、道具与灯光的关系，沙坑看上去很恐怖，但实际上并没有那么危险，倒是一群人哗啦啦滑倒，所有舞台表演画上句号，让人觉得乱糟糟的。在不远处的另一头，可以看见与卡奴族女子站在一起的作家和大学生。

分住在不同地方的一行人重聚一堂，他们才知道无论是选卡奴族，还是选汶达族，住宿、餐食、日程几乎如出一辙。他们分别在水上小屋里与几个汶达族或卡奴族的人寒暄，然后简单享用一番茶点，再观看传统表演，接着在相同结构的房屋内入眠。按摩、美甲、钓鱼等准备的项目也完全一致。此外还有一个共同点——大家无一幸免都被蚊子叮得满身包。

尽管大家都巴不得尽快回到度假村，可是行程却因为尤娜而延迟了。原来尤娜房间的玻璃窗的一角破了，她却弄不清本来就是这样，还是晚上发生了什么造成的，又或是早餐时间才变成这样。多亏了这扇破裂的玻璃窗，房间里多了许多异国风情的飞虫，却少了尤娜的那部相机。作家仔细查看了玻璃窗，说感觉像是什么人用刀子巧妙地割出了个口子。导游面露尴尬神色，但处理起来十分老练。他先开始逐一检查其他水上小屋，包括他们昨晚下榻的房间，又把旁边一整排的房子也翻了个遍。不算本来就属于旅客的东西，一共发现三部相机。

"这里面应该有一部是尤娜的相机吧。"

还没来得及查看这些相机，第四部相机又出现了。第四部相机正是尤娜的那部。拿着它出来的是女教师的女儿。

"早上是阿姨让我拿着的……"孩子打小报告似的说。

尤娜的脸顿时一阵通红。她这才想起确实有这么一回事。尤娜的相机一找到,三部相机其中一部的拥有者,一个汶达族孩子便放声大哭。就是那个坐在橡胶盆漂浮在水面上,做出"V"字手势的那个孩子。尤娜满脸通红地低下了头。

"对不起,都是因为我一时疏忽,才引起了那么大的骚动,我真的很羞愧。"

因为说的是韩语,哭泣的孩子完全听不懂,但对尤娜来说,重要的是同行的人听到了这番话。尤娜从包里拿出了一袋糖果,把一整袋都给了那个哭个不停的孩子,接着就像逃跑似的坐上了车。

女教师打破了车厢内的沉默。她像是自言自语一般道:"这种地方怎么会有那么多孩子有相机?"这句话惹怒了大学生。从清早发生相机骚动开始,他就显得很不自在。

"我们非要像这样挨家挨户地搜,弄得大家这么紧张兮兮的吗?这已经与这趟行程的宗旨背道而驰了吧?我是说,自己的物品不是应该自己好好保管吗?"

大学生大吐苦水。尤娜闭着眼睛,静静地坐在那里。她确实感到很抱歉。如果丢的不是相机,真弄丢了也就丢了,她一句话也不会说。就在尤娜冷眼旁观的这段时间,大学生开始与导游斗起嘴来。大学生搬出"公平旅行"的宗旨,而导游最后却回答这趟行程并不受限于"公平旅行"的框架。最后是尤娜说了一句:"都怪我一时失察,对不起。"才算劝住了两人，化解了这场舌战，但大学生已经被导游的话惹得一肚子不爽，句尾还爆了粗口。

"妈妈，他说的是什么呀？"

孩子停下了画笔，好奇地问妈妈。

"你不必知道。"

"妈妈，妈妈，他说的是什么嘛？"

"你明明就懂嘛。你不懂？真的是不懂才问我的吗？"

女教师越讲越小声，但孩子似乎觉得她妈妈说话的语气听起来很有趣，于是故意拉开嗓门回答："嗯，我知道，那是脏话！"

作家刻意提起从摊贩处买的汶达族骷髅装饰品的事情，可是没有一个人感兴趣。导游只顾着浏览行程表，大家都默不作声。

"妈妈，我想吃蛋包饭！"

完全处于状况外的女儿就这么结束了这场闹剧。车在某家餐厅前停了下来。午餐很快准备就绪，包括特别烹制的蛋包饭。大学生捶了几下胸口，像是消化不良。尤娜的手臂几小时前还好好的，现在却一下起了皮疹。原因似乎并不只是水土不服。

在美奈，唯一不受饮水问题困扰的只有度假村。他们通过前一晚的亲身经验，得知下榻度假村的客人的用水量，要比这一带水上人家用水量的总和还多。用完午餐后，他们花了四个小时投入挖井作业。这口井已经由先前来访的游客团挖到了一定程度，并以接力的方式让后到的游客延续下去。一行人变得沉默无语，无比专注地挖井。四小时后，他们就像挖到宝藏一般，分享着水从地面涌出的喜悦。这不仅是四小时劳动的成果，更是对今天一早开始的情绪疲劳的补偿。

一行人返回度假村前，泡了温泉来褪去一身的疲劳。虽然无法判断水质优劣，但有人嚷嚷说温泉既然位于火山附近，想必水质具有一定的功效。两小时后，他们得到了一身明显柔滑不少的肌肤，还有像纪念章一般印在额头上的一个个蚊子包。

一场阵雨过后，地面很快又干燥起来。在一块写着"美奈集市"的指示牌下方，几个帐篷和地摊呈一字形摆开。他们随意买了一些纪念品，然后走进附近的小酒吧，坐了下来。虽然墙面破旧不堪，但店里当地人熙熙攘攘，好不热闹。这家酒吧没有单独准备菜单，所以无法确切得知究竟在卖什么。导游点了各种吃的和酒水。酒吧外的巷尾坐着帮人编辫子的人和替人文身的人。一堆巨大的气球不知从哪里冒了出来，做好冲向夜空准备的气球小队看起来就像一束鲜花。导游买来了两只气球，一只送给了尤娜，另一只送给了女教师的女儿。作家不知道从哪里带来一只火龙果，把它对半切开。他用勺子把果肉唰唰刮了下来，放入嘴里，然后在粉红色的火龙果外皮里倒入烧酒 Nếp Mới。

"来，这是火龙果酒，我们干一杯！越是这种不顺利的旅行，越会让人情绪敏感嘛。大家喝完解解压！"

女教师的女儿伸出舌头舔了舔火龙果酒，装出酒醉的模样，这让几个人不知所措，同时让另外几个人笑开了怀。不知不觉，大学生的表情也放松了不少。大家虽然来到灾难发生过的区域旅行，却并不想承认自己在旅途中又在当地留下了其他灾难。尤娜也是如此。她一心想忘掉自己在那个汶达族的孩子内心留下的疙瘩，她刻意将当天的行程从自己的大脑中完全抹去。酒精助了她一臂之力。其实还有一个好方法，就是重新认识自己的身份。说起来，他们的身份要有多省心就有多省心——他们只是一群游客。

"哇，这里乍一看，真的好像考山路或是谭德街欸。我是指在曼谷和胡志明的两条有名的观光街。曼谷是一座容不下寂寞的都市，该怎么说呢？是属于那些褪去纯真的、露骨的、世俗的旅行者的城市吧。而胡志明市虽然有些土里土气，却粗糙得恰到好处。美奈这里，该怎么说呢，该怎么说呢？"

作家并没有对美奈下任何定义，而是直接跳到了另一个旅行目的地。尤娜感到一阵不适。她正暗自思索着作家那一句"该怎么说呢，该怎么说呢"的下一句会是什么。

醉意越来越浓。尤娜望向酒吧另一头的入口——那个通向大海，又或者是从大海通向这里的入口。入口处并没有一扇足以被称为门的东西（或者是因为整个敞开而看不见门）。那里似乎只挂了一句体现这一空间的话——用导游的话来说，这句话的含义便是"一杯小酒，幸福我有"。

一群当地青年在巷子里打开了乐谱架，开始演奏。在这个小巷里，除了尤娜一行人，并没有别人。小提琴、吉他，还有鼓——街上响起了它们演奏出的美妙旋律，与其他嘈杂的声音混杂在一起。尤娜的眼前迎来了一幕幕动人心弦的画面——有人因为听众捧场而笑逐颜开，有人因为街上的演奏而沉醉不已，有人时而哧哧一笑，时而认真聆听。即便是平常漫不经心的女孩，在此刻也变成了聚精会神的听众。

演奏结束后，女教师走上前，问了一句：

"乐队名叫什么？"

"Thank you, teacher."

虽然不清楚这是乐队的名字还是对女教师的回复，但无论如何，这片废墟上的助兴节目让人耳目一新。"Thank you, teacher"演奏了几曲后，一位老人拖着身子，走到大家面前演奏起了手风琴。他双腿后蜷宛如人鱼，他把帽子放在膝盖上，帽口向上。手风琴在伸缩自如的空间里发出声响——这让尤娜兴致盎然。按照导游的说法，发生"猎头事件"时，老人属于年纪最轻的群体，而现在他是记得此事的人当中最年长的一辈，然而岁月漫漫，他的身体至今没有恢复。这位失去双腿的老人的演奏深深引起了大家的共鸣。也让这一行六人再次想起造访此处的理由，拿起相机对着老人——尤娜做不到。她只是站在原地，静静聆听他的手风琴一伸一缩发出的旋律。某个美奈人说要替尤娜一行人拍照留念。于是，尤娜的相机里保存下了丛林旅行社游客最后行程的照片。尤娜按下相机的播放键，确认刚才拍下的照片。相机里一共保存了六百多张照片。尤娜逐张浏览着，却突然翻到那张坐在橡胶盆里的汶达族孩子的照片，她一看见就慌慌张张地按下了删除键。

三　断开的列车

"一杯小酒，幸福我有"的第二天，尤娜睡到很晚才起床。这是她踏上这趟旅程后第一次略过早餐。大家约好在大厅集合的时间是上午十点。现在已经九点四十了。尤娜感到一阵反胃。虽然她忘了昨晚做了什么梦，但洗漱的时候，梦里的不祥之感萦绕不去。她或许是做了回首尔的梦吧。这已经是旅行第六天的早晨，所以今天的日程一整天都是踏上归程。就像他们来的时候那样，又得多次换乘不同的交通工具才能抵达首尔。当飞机的机身全数吞下今日份的阳光，他们将会在晚间按照预定时刻轻盈地降落在仁川机场。

尤娜在九点五十分给前台打了电话，请求派一辆行李车过来。五分钟后，一名身穿宽松制服的员工开着行李车来了。他身材精瘦，将尤娜的行李箱和小包提到了车上，就像第一天尤娜来到这里时一样。尤娜在小屋呼叫客房服务时，来的人总是他。如今到了返程的时候，尤娜才看到他的名牌。他的胸口上，写着"卢克(LUCK)"的名牌闪闪发亮。

"这趟玩得开心吗？"卢克问道。

"开心，我在这里收获不少呢。"

"祝您归途平安！"

尤娜的钱包里就只有几张百元美钞。她好不容易才发现一张两美元的纸币。她把这张纸币塞进钱包并不是用来花的，而是很久以前，某人当礼物送她的"幸运的两美元"。尤娜终于还是把它拿了出来。

"卢克,这一张叫作'幸运的两美元'。据说带上它,幸运会随之而来。"

卢克看着纸币露出了笑容。

一行人离开了美奈。回程的路线与来的时候稍有不同,不坐巴士改搭火车,前往位于胡志明市的机场。比起坐巴士,路程缩短的时间微乎其微。所有人都靠在椅背上,要么补觉,要么坐着不说话。距离抵达时间还有两个小时,但尤娜感到胃实在不舒服,让她忍不下去了。问题出在她昨晚喝了太多酒。她感到一阵恶心,肚子咕嘟咕嘟地翻搅。她去了走道尽头的洗手间,但是等了二十多分钟里面的人还不出来,要是敲门,则可以清楚地听到洗手间内回敲门板的声音。最后,尤娜决定多走几节车厢。她一手捂着肚子,一手扶着椅背向前走。

并不是每一节车厢都有洗手间,尤娜走了好一会儿才找到一个空的洗手间。原来马桶可以这么让人怜爱!尤娜几乎像是搂着马桶似的,一屁股坐了下来。从尤娜一路找洗手间到方便完,过了三十分钟。就在这三十分钟里,一切都改变了。尤娜朝着来的方向往回走。虽然列车依然像之前一样左右摇晃,但是她总觉得哪里不太一样。她发现比起过来,走回去的这段距离似乎变短了。

三十分钟内,原先的列车就像涡虫分裂似的被分成了两节。尤娜能看到的车厢号码只到五号，洗手间在二号车厢，尤娜原先的座位在七号车厢。她打开五号车厢尾端的门时，只看见空荡荡的铁道像一条长尾巴，一路紧随。

尤娜的座位应该是在另一端，断开的列车车厢的某处吧。尤娜想起之前听导游说过，列车会分成两条路线行驶。问题就在于尤娜现在人在这一段，而她的行李和同伴在另一段。这两段列车已经断开了。原来的快车在后半段断开之后，突然变成了慢车。尤娜需要知道这段火车开向何处，可是她想不出办法。一个看起来像站务员的人向尤娜走来，请她出示车票。站务员检查了尤娜的车票，然后摇了摇头。

"那我是没法再坐上这趟列车了吗？我得去机场！我的行李，我的同伴都在那一段列车上。我该怎么办才好？"

尤娜用韩语说了一遍，又用英语说了两遍，但站务员完全听不懂。即便如此，站务员还是弄清了状况，于是她也用她的母语努力地说明情况。

"你之前坐的列车在两站前开往其他路线了。那是趟快车，所以你没法从这条铁轨到达目的地，而且今天已经没有别的列车了。如果你想要去机场，就得打听别的交通手段。这里没有你这张票上的座位。"

虽然尤娜听不懂这番话，但通过站务员的肢体语言和当下的情境，她明白了几件事情——这里没有你的座位，所以现在请你下车。

缓行的列车似乎带着善意随即抵达了下一站，门打开了。在这一站下车的只有尤娜一个人。

＊　＊　＊

　　不幸中的万幸是，尤娜还随身携带着手提包。尤娜拿出手机，拨了导游的电话号码。电话一通，那一头的导游就发起火来。

　　"您现在人到底是在哪儿啊？！"

　　这句问话本身没有问题，但语气却充满攻击性。虽然事态紧急，但尤娜仍然犹豫再三才说出了下面的话。

　　"我去了一趟洗手间，结果列车……"

　　"高尤娜小姐，我第一天就说了吧？行驶过程中，火车常常会在中间部分分成两段，然后各自分道前进。所以我才说，上洗手间的话，只能使用该节车厢内的。我不是和您说过了吗？你知道我们现在找你找得有多急吗？您知道航班的时间吧？请您无论如何现在都要赶往机场。不过，您现在在哪里？"

　　"我不知道该怎么念，好像是当地的语言，我念不出来。"

　　"你就拦一辆出租车吧。随便拦一辆，跟司机说去机场。如果语言不通的话，我们不是有旅行手册吗？就是丛林旅行社发给大家的那份。把手册翻到背面，有一张地图。您就指着地图上的机场给司机看。你有听到我说的话吗？"

　　尤娜对自己先前小看露而感到抱歉。她是一名很有能力的导游，而此时尤娜是一名无能的旅客。因为她把手册放在了行李箱内，而行李箱则在七号车厢的十二号座位上。

　　"那张附有地图的册子，在我的行李箱里。至于行李箱，导游您应该更清楚在哪里。真的很对不起。"

"那赶紧拦一辆出租车！我会帮你说明情况的。上车后把电话给我听。"

尤娜握着手机，想拦一辆出租车，但发现电话已经挂断，她便将手机塞进了手提包。她原本打算拿出钱包，却发现钱包也不见踪影。钱包和护照明明就放在小化妆包里，可是它们都人间蒸发了。这些东西仿佛早早等着尤娜寻找似的，一件件地消失不见了。此时尤娜脑海里仿佛有一个小孩，把妈妈刚依序整理好的物品，一件件弄得一团糟。只要尤娜想到什么，那件事情就会变得乱七八糟。会不会是早上落在酒店了？要是这样，酒店会打电话联系导游吧。在坐上离开美奈的巴士前，导游的确确认了大家的护照，当时尤娜的护照也确实还在，不然一行人也无法全员坐上巴士。那么，护照会不会在导游手里？尤娜取出手机，再次拨通了导游的电话。从刚才她就因为手机只有一格电而惶恐不安，结果一拨出电话，手机就发出了声响——提醒电量不足的警告声。

"我的护照在您手上吗？"

电话另一头传来的只有一声沉重的叹息。

"尤娜，钱呢，你身上有钱吗？"

"我身上没有钱包。我虽然事先单独拿出了一些钱，但是也没有多少。我该怎么办？这里说英语好像也没法交流。"

"我们这边现在得先办登机手续。我会先和经理联系。没有护照，就算你现在到了机场，也无计可施。我之后会和尤娜你会合的。所以，尤娜……"

尤娜拿着这部所有噪声戛然而止的手机，瘫坐在地上。不是没旅行过，不是没有遇到过扒手，也不是没有把东西放在酒店忘记带走过，只是眼下的情形太过陌生，令人恐惧。大概是语言不通的关系。尤娜读不出也听不懂此处的地名。尤娜说的话没有一个人听得懂。她看见不远处用韩语写着经过景福宫开往麻浦的巴士，就是导游先前说她看到过的假路线。可是这也无济于事。

尤娜的脑海里浮现出那个告知自己死期的网站的画面。即使一开始上面写的数字再大，终有一天时间也会走到尽头。现在，尤娜的寿命就缩短了一个小时左右。

尤娜再度按下手机开机键时，好不容易看到有一条短信通知。她飞快地按下查看短信的按键，确认了里面的内容。

"请向保罗问路。"

尤娜一读完这条短信，手机就彻底"咽气"了。看来这下手机是耗光了所有电量。尤娜想先找一名列车站务员，可是眼前都是过路人，见不到任何服务窗口。她也无法奢求这里会有旅游咨询中心。这里只是一处路过的车站，即便抓来一个行人，也不可能用英语说得通。没有售票口，自然也不能干巴巴地站在月台上。尤娜再次意识到自己几乎没有在语言不通的地方旅行的经验。在先前旅行的地方，用观光所需的最基本最简单的英语，都能交流。就算是面对陌生的语言，在公交站或火车站的对话也是三句不离行程。对话最多就是"您要往返票还是单程票""您一位吗"之类的，像现在这样身处一个一句话也无法沟通明白的地方真是头一遭。尤娜后悔自己没有学点越南语，后悔自己把记录着越南语简单会话的旅行指南放进了行李箱。尤娜会的几句越南语仅仅在开心愉快的场合派得上用场，碰到紧急事态时，就像一张拒付票据般毫无用处。

幸好至少还有人听得懂 HOTEL 这个单词。尤娜绕过几个街区，走进一个巷口。那里有好几幢看着不像酒店、却分明是酒店的建筑一字排开。这才没过几个小时，她却有一种过了好几天的错觉。尤娜站在巷口前仰望天空。她看不见太阳在哪里，还是有点想吐。她按着顺序一家酒店一家酒店地打探，直到第九次，她打开门走进去，才好不容易遇到一位可以用英语沟通的员工。

"您认识一个叫保罗的人吗？"

酒店员工却只是噘着嘴，口型呈圆形，连续反问了好几遍："保罗？"他问保罗是谁，可是尤娜也不知道。不过尤娜想起导游说会先联系经理——当她说也许保罗是能帮她前往美奈的人时，酒店员工又反问了一句："美奈？"他问尤娜是不是要去美奈。

"对，美奈。我要去那边的 Belle Époque 度假村，导游让我向保罗问路。不然，我可以借用一下电话吗？打一通电话就好。"

尤娜觉得此时大家乘坐的航班已经从位于胡志明市的机场起飞了，尽管如此，她还是想确认一下。她借来酒店员工的电话，但导游的手机已经是关机状态。看来导游已经登上飞往韩国的航班了。员工望着尤娜说道:"我不认识保罗,但我认识去美奈的路。如果要去美奈,就得去港口。不是在这个火车站,而是在这里坐火车到其他站换乘。不过距离末班船可能剩下没多少时间了。"

最后,热心的员工决定亲自把尤娜送到码头。也不知道酒店前台无人看管要不要紧,他就像一名王牌解决师一样,带头站了出来。尤娜搭上他的摩托车,抓紧了他的背。她忍不住庆幸自己没带着行李箱。他的摩托车一头闯进了巨大的摩托车车群里。噪声刺耳,尘土飞扬,尤娜紧紧地捂住耳鼻。也不管尤娜有没有在听,酒店员工自顾自地讲起自己如何从越南人坐摩托车的姿势来区分他们是情侣、夫妇,还是只是朋友。

"如果考虑我们现在的坐姿,你应该是……"

仿佛通过一个长长的隧道般穿越一阵嘈杂声后,员工又开了口。

"你就像是行李一样坐在摩托车上,也就是说,不像个人,倒像是行李。"

虽然尤娜不知道情侣、夫妻、朋友和行李之间坐姿的区别,但她还是大声回了一句"你说得好像没错"。尤娜提起精神,以免自己惊慌失措。这个人看起来值得信赖,但就算他不可靠,眼下也没有其他的选择。尤娜一边尽可能最小限度地接触他的身体,一边努力保持淡然的姿态。可是一种怅然若失的心情像一股煤烟一般忽然笼罩着她。港口所在的街道骑摩托车要骑好一阵子才能到,直到到达港口,尤娜才觉得眼前的景色熟悉起来。原来这里是藩切市。旅行第一天，购买牙刷、咖啡等物品的那个大型超市就在不远处。酒店员工就像观光客不多的小镇居民一样，对尤娜充满了好奇心，但同时也抱有责任感。幸亏有他，尤娜赶在末班船启程前到达了港口，轻松地买到了船票，也在那个地方遇见了保罗。

原来保罗并不是一个人，而是船舶公司的名字。也就是说，从越南的港口城市前往美奈的船只均为保罗所有。尤娜顿时觉得浑身无力，她分不清是一种虚脱还是安心。

突然，大风卷着暴雨袭来，一阵嘈杂纷乱。成千上万的雨点啪嗒啪嗒打在甲板上。明明六天五夜前也搭过一次船，但也许因为这次只身一人，她感到十分陌生。船上的乘客也不多。有几个人坐在阴暗潮湿的角落，上下打量着尤娜。

抵达美奈时已是晚上九点，但码头上却不见任何人出来。幸好船舶公司的员工听到尤娜说了 Belle Époque 这个词后，为她联系了度假村。很快便有辆车开到了港口，因为车上画有 Belle Époque 的标识，尤娜这才放心。尽管她离韩国的距离变得更远了，但在异国他乡，还算有个她唯一熟悉的地方——她逗留过几日的度假村。

然而度假村对尤娜的情况一无所知。

"没有人联系你吗？"

当尤娜问起有没有接到导游的电话时，经理露出一脸讶异的表情。他四处翻找文件，接着又打了通电话，说了声

"ok",便挂断了电话。

"无论是导游还是旅行社,都不接电话。毕竟已经过了工作时间。"

"导游应该在飞机上。"

"要不您先给我一下护照?我们会让您在之前住过的小屋再住一晚。等明天再联络旅行社吧。"

尤娜稍稍纠结了一番要不要说出她丢了钱包的事。到了明天,应该就能联系上旅行社了,在退房前说不定就能支付住宿费。但是如果明天还是联系不上呢?明天是星期天——韩国时间现在已经是星期天了。万一到了明天还是没法靠紧急联系电话联系上呢?

"我的护照和钱包都被偷了,在火车上被偷的。所以导游才让我来这里。我原以为都已经联系好了。"

"如果您连护照也没有的话,我们就很难替您处理了。"

经理这么回答,脸上不失和善的微笑。

"我应该联系谁呢?这里也没有韩国大使馆。"

"这样吧,您今晚先在小屋休息。已经很晚了,您只需要一处歇脚的地方,我们会为您安排,让您休息好。旅行社也好,大使馆也好,等到明天再联系吧。就算是周末,他们也会有紧急联系电话吧。但记住,您只需要好好睡一觉。不要在外头走动。毕竟这么做已经违反了我们的规定……"

尤娜搭上行李车,回到了昨天的小屋。小屋门前的眼皮是向上的状态。尤娜入住后,眼皮再次垂了下来。虽然房间内部的布置与昨天相同,她却感受不到之前的舒适。尤娜勉强倚坐在特大床的床边。

尤娜在旅途中最爱的一天往往是最出乎意料的一天。原来计划表上没有安排的一天，日程中没有规划的一天。举例来说，像是比计划多停留了一天，或是有一天变更了行程。如果在旅行的地方获得一天惊喜假期，那么旅行结束后，很有可能只会记得那一天。这样的二十四小时，在地球运转的律动中，既不会渺小到不留痕迹，又不会庞大到撼动日常生活。然而把今天这一天称为意想不到的休息日，又未免显得太过鲁莽。在这个节骨眼上感到饥饿让尤娜有些尴尬。另一方面，这种饥饿感似乎刺激着恐惧感，让她更加害怕。尤娜看见桌上放着的迎宾水果篮，还有放在一旁的燕麦棒和巧克力之类的零食。这是工作人员知道今晚有人过来才事先补满的吗？如果不是出于偶然，莫非是特意为了尤娜，在短短的时间内连迎宾水果也准备到位？要不要从那些免费零食里挑一个来吃，尤娜苦恼了许久，最后撕开了混合多种谷物的压缩燕麦棒的包装。她把燕麦棒放入嘴里不假思索地咀嚼。虽然并没有很快产生饱腹感，但嘴里嚼着什么东西让她心生感激。仿佛唯有这种咀嚼的行为才能证明一切实际存在。然而，一股无法抗拒的困意排山倒海般袭来，到头来连咀嚼的行为也变得迟钝起来。她反倒希望自己会不小心咬到脸颊内侧而感到疼痛，但奇怪的是，事实上并没有那么容易咬到。

早晨一睁开眼，天花板上的大型吊扇便映入眼帘。尤娜曾经平躺在韩国Leeum三星美术馆展出的一座叫"妈妈"[①]的雕塑的下方。她当时纯粹是为了拍照，而此时此刻，尤娜感觉自己再次躺在了那个巨型蜘蛛雕像的下方。这次并不是为了拍照，而是自己就要被蜘蛛吞了。尤娜猛然从床上起身。

手机已经彻底报废了。电源耗尽的手机和现在自己的处境如出一辙。尤娜走到大厅，却根本没想要走进餐厅。搭乘行李车的时候，只觉得距离非常短，可是等到自己步行，才发现其实距离相当远。两种到达方式的路线本身也稍有不同。今天似乎没有造景工作，走进大厅前也不见半个人影。整个度假村仿佛静止了。她甚至觉得眼前此情此景是旅行策划的一部分。经理思路清晰，几句话整理出了眼下的情况。

"高尤娜女士，我们没有接到旅行社打来的电话，我们打过去，对方也没接。您打算怎么做呢？"

尤娜试着拨通公司的紧急联系电话，可是电话响了不到三声就挂断了。旅行社从来没有员工在出差时遭遇这种危机。尤娜的这次经历不会被当成意外事故，而会被归咎为个人疏忽。在导游回去解决状况之前，尤娜得耐着性子尽量等待。而且从顾客的角度等待救援，这样对尤娜来说更加安全。

尤娜从包里拿出了相机。

"我把这个交给您作抵押，能不能让我再多住一天。因为今天是周日，只需要再住一晚。"

经理稍作考虑，收下了相机，并表示会让尤娜最后住一天。

[①]这里指的是艺术家路易斯·布儒瓦（Louise Bourgeois）于1999年创作的蜘蛛雕塑"妈妈"（Maman），材料为青铜、不锈钢和大理石。尺寸为921厘米×897厘米×1024厘米。

"您应该没用过餐吧,我们为您准备一份简单的早餐吧,因为今天餐厅休息。"

尤娜后来享用了经理为她准备的松饼。没想到情况又演变成了这样!安心与疲劳的感觉同时袭来,尤娜整个人瘫倒在沙发上。她拿着遥控器,像一个六岁的孩子一样按来按去。小屋前方眼皮形状的指示灯开了又关、关了又开,反复不停。然后尤娜走向正前方的海滩,结果发现其中有一个通往度假村外的缺口。尤娜原本打算在那里转身,再从来时的路散步返回小屋。可是当她看到不远处的屋顶和墙壁,身子便不由自主地往那里走去。电线杆与电线杆之间,屋顶与墙面之间由一根根粗实的电线连接起来。这些电线好似五线谱。电线上方,几只飞来的小鸟宛如音符一般入列停驻。电线的尾部恰似高音谱号卷成圆弧状。眼前这番景色她之前应该也看过,然而几天前她却无暇观赏风景。此时此刻生活日常的点滴终于开始进入了尤娜的视线,这一番番陌生的景象反而更能激起亲近感。

走了好一会儿,尤娜发现了"美奈集市"的指示牌。可是现场只有这张指示牌,那天晚上的帐篷啊、地摊啊,完全不见踪影。尤娜经过"美奈集市"的指示牌,又多走了一段路。道路很快又变得陌生起来。

星期天的街巷还在睡梦中。当尤娜在残垣破窗之间久久张望一栋房屋时,有人也正从破碎的窗户内侧往外看。尤娜刚刚察觉到对方的视线,对方便瞬间躲藏起来。明明是第一次走在这条路上,却一点感受不到陌生。原因在于墙上的涂鸦。

尤娜在巷子里绕来绕去，发现原来自己没有走错路。这条路她之前的确来过。这些涂鸦里混着蹩脚的韩文甚是有趣，尤娜想起当时她还拍了照。换句话说，并不是她踏上了一条让人感觉熟悉的新路，而是她用陌生的视角走在一条熟悉的道路上。才不过两天的时间，许多结构仿佛都扭曲变形了。此刻出现在眼前的村庄也是如此。她先前并未见过这样的村庄。即便见过，也不是以这种形态出现，尤娜总觉得村庄的规模似乎变大了。

尤娜见到不远处有人，便走了过去。原来是一位眼熟的老人——那位在天坑"猎头事件"中失去双腿、之前演奏手风琴的老人。他正站在那里，用扫帚和纸巾碎屑假装打高尔夫球。老人正努力把纸团推进地面的圆洞，丝毫没有发现尤娜向他走来。

"您在这里做什么呢？"

虽然发问的人是尤娜，然而眼下的情况却好像在要求尤娜作答。尤娜把手提包稍稍拉向自己的身体，又补上了一句："我恰好路过，不过您在这里做什么呢？"

老人瞄了尤娜一眼，又把头转向了地面。他就那么直挺挺地站着。难道之前的一切全是一场秀？尤娜再次呼唤老人，老人又瞄了一眼尤娜。老人似乎一时犹豫，但是很快就做出决定。他又开始打起了高尔夫球。即便看到尤娜的眼中写满了疑惑，老人依然不打算调整姿态。见到老人健康无比的站姿让尤娜心生怒火。老人似乎也动了怒，或许有过之而无不及。他用力向尤娜甩出了扫帚，然后一屁股坐在树墩上。

"拜托,我们也是需要休假的。"

冷不丁说完这句话,老人抬起头发现尤娜早就以快速的步伐走出了街巷。美奈展现出与尤娜先前逗留时截然不同的一面。旅行期间,尤娜见到的是一个因多年前发生灾难而变得残破不堪的地方。一个虽然流行讲"一美元",却仍然让人感觉土气又朴实的乡村。一想起自己的评价将决定这座岛的命运,她甚至一度心生负罪感。可是这次重新踏上这片土地,美奈给人的感觉就像是一座尚未到营业时间的主题乐园。尽管那位老人并非真的会对尤娜造成任何威胁,但尤娜的手臂上还是起了鸡皮疙瘩。尤娜转过身,朝着来时的方向往回走,越走越快。

尤娜见到不远处有一户人家的门虚掩着,便朝那里走了过去。屋里有个女人正在看电视,她突然意识到有人,便站起身来,猛地一回头,吓得发出一声轻微的惨叫。

"你找我有什么事吗?"女人开了口。

"我在找回度假村的路,因为我迷路了。"

"Belle Époque 度假村?"

"对。"

女人关掉电视,走到门外。

"你先直走,遇到岔路时,走最左边那条。你会看到大海,然后你沿着海岸直走,就会走到度假村的后门。"

这个女人操着一口流利的英语,让尤娜惊愕不已。与此同时,尤娜觉得她的声音很耳熟,而且就连女人说话时的嘴型也似曾相识。就在尤娜慢慢回想起这个女人是谁的时候,对方也似乎渐渐认出了尤娜。女人双手交叉，以微微缩着肩膀的姿态再次走出门，这一举动看起来相当眼熟。

"等等，我们之前见过吧？"

女人似乎想说些什么，却只是抿着嘴笑着。看这副神态，她毫无疑问就是"南"，也就是那个带着他们进行了两天一夜活动的女向导，南。

"你不是叫'南'吗？喂，看这边！"

尤娜张开自己的十根手指，给对方看自己粉色的指甲。可是，眼前的这个女人却什么也认不出来。她看上去似乎有些尴尬，又好像动了怒，然后飞快地走回屋里。

"喂，南！"

隔壁窗户开了道缝，但又悄悄地关上了。虽然并没有看到任何人，但尤娜察觉到，在短短数分钟内，在这个巷子里，有许多双眼睛眨巴眨巴地注视着自己。

尤娜一路朝着南告诉她的方向走。虽然内心很想回头，她还是目光向前，一路前行。仿佛只要一回头，她就会瞬间变成一道盐柱①。

不远处看起来像一个红点的建筑便是度假村。然而首先映入尤娜眼帘的并不是度假村，而是右前方一条大约呈四十五度角蜿蜒的道路。因为好像从那里发出了什么声音，尤娜不

---

①这里是借鉴了圣经中的一个故事。索多玛城毁后，罗德携妻逃离，上帝告诉他们不可回头。但罗德的妻子回头了，没想到变形成了盐柱。

由得盯着那个方向看。接着她开始沿着那条路慢慢打探。路的尽头，一台重量级卡车疾驶而过又猛地急刹车。有什么东西已经被弹飞了出去。腾空了几米又应声落下——从形态上看像是个人！尤娜躲在一棵树后，吓得捂住了嘴。有人慌慌张张地从驾驶座下来走向倒下的人。一见到躺在地上的人还没断气，司机又上了车。卡车先是往后退，确保留出了些许空间后，又再次全速前进。那车速别说是路上的小石头，就连小型昆虫和洒在地面的阳光都能铆得死死的，轧得四分五裂。当然，就算路面上躺着的是一个人，结果也不会改变。就算没有亲眼确认，尤娜也能知道卡车刚才轧过了什么。

司机站在尸体前，不知给谁打了一通电话。没过多久，其他车也开来了，替整起事件画上了句号。路上又恢复了宁静。几个人正收拾尸体的时候，尤娜看清了死者的脸。是那个拉手风琴的老人。身旁一把扫帚倒在地上。尤娜突然感到天旋地转。身体不由得颤抖起来，可更让她害怕的是，她把控不住自己的身体。她心不甘情不愿地目击了这一切——这点也让人惊悚。尤娜紧紧闭上双眼，做了一次深呼吸，再次睁开眼的瞬间，发现不远处有人沿路向这边走来。那个人正看着尤娜。尤娜后退了几步，不小心崴到了右脚踝。就在这一刻，身后突然有人一把拽住了尤娜。那是一张熟悉的面孔。

四 三周后

"你说你看到卡车了？"

经理一脸狐疑地反问道。这让尤娜更加不安起来。她不敢说自己也目击了一场事故。

"应该是您看走眼了。外部人士是不会看到卡车的。那是规定。"

"是辆黄色的卡车。"

"嗯，那辆卡车由保罗公司所有，是用来施工，或者负责维护治安的车。不过因为会造成噪声，但凡有外部人士来访，就干脆不动用那辆卡车。"

"保罗要怎么知道有外部人员来岛？"

"因为所有外部人员都住在这个度假村。如果度假村有外部人员，保罗是不会动用那么大型的车辆的。既然我在旅客登记簿上写下了您的名字，也就表示岛上有外部人士，那么保罗不可能有任何动作。先不说这个，我们好像得谈谈别的。"

经理直勾勾地盯着尤娜说道。

"我说的是关于你违反约定的事情。我明明白白和你说过不能跑到度假村的外头吧？要是你遇到了什么不测，丛林旅行社又会怎么对我们说呢？要是我们的员工没有发现您，还不知道会出什么问题呢，难道不是这样吗？"

"我并没有跑到外头，海滨步道和村庄是连在一起的。"

"你说得不对。度假村海滨和村庄之间明显存在界限。虽然高度不高，但中间有一道墙。如果经由那条路走到外面，那您一定是从度假村一侧翻了墙。"

尤娜无法否认这一事实。经理递给尤娜一张住宿费的付款单，并说"是您先违反了约定"。他表示因为无法与丛林旅行社取得联系，当前情况下将无法继续帮助尤娜。经理一边说，一边皱起了眉头。

"看来今天是赶不上坐船的时间了。今天就让您最后住一晚吧。明天一早，我送您去港口。这是我们可以为客人拿出的最大诚意了。我不确定您知不知道，在美奈这个地方，如果你不是获得许可的外国人，是不允许随意住宿的。更何况是一个连身份证明都拿不出来的外国人。"

"我从哪里获得许可呢？"

"从保罗。"

什么事情都与保罗脱不了干系。尤娜一想到"保罗"与"犯规"的韩语拼写相似①，心中真是五味杂陈。她无法抹去一种不好的预感——再次跌入了一个让她难堪的群体。尤娜再次拨打了丛林旅行社的紧急联系电话。手上没有护照和钱包，手提包的内袋里只有一些零钱天真烂漫地翻来滚去，这一切让尤娜心生恐惧。虽然意外轻松地打通了下班后的金的电话，然而尤娜很快对这通轻易接通的电话心生埋怨。

"你没有在规定行程内跟团回来，是你的错。这个烂摊子你又希望公司帮你收拾吗？别只想着靠别人，你该自己找出

---

① 韩语中犯规（foul，파울）和保罗（Paul，폴）两个单词均为来自英语的外来语，两者拼写与发音十分相似。

路才对吧。你就别想成是自己掉了队，而是为了工作主动申请延长出差怎么样？你要把这件事当作一次机会嘛。你明白自己和三年前的职位不同了吧？我说这些可都是爱之深责之切。"

金轻松从容的语气让尤娜更加紧张起来。尤娜一时忘记了一项事实——比起这一头的美奈，那一头的丛林旅行社更让人害怕。"能不能想个办法让我回韩国去？"这样的话尤娜说不出口。办法不是没有。尤娜完全可以打电话联系在韩国的熟人，拜托对方打钱给度假村。之后也可以拜托度假村把自己送到位于胡志明的机场。明明有各种办法，为什么自己脑筋都不动就给丛林旅行社打电话了呢？是因为过去这十年自己太过依赖丛林旅行社的关系吗？

尤娜一开始是因为喜欢旅游才投简历到丛林旅行社的，在这里撑过十年的岁月，"丛林"对尤娜的意义也逐渐转向其他方面。即便"丛林"销售的不是旅行产品，而是其他东西；即便尤娜要策划的不是旅行项目而是其他东西。只要是非做不可，她都能完成任务。她三十三岁了。对于那些没有心力公司家庭两头顾的人来说，丛林旅行社是最佳的职场选择。公司鼓励办公室恋情，每个周末还会向未婚人士提供互相认识的机会，甚至还会为员工在离公司不远的地方提供住宿。公司内部医院、影院、运动中心、购物中心应有尽有。这类公司的缺点只有一个，那就是当你从公司离职的那一刻起，你必须重塑自己的整个人生。

这通电话虽然看似得不偿失，但也不是毫无收获。不知是谁按响了门铃，尤娜一打开门发现小屋门前一台行李车已经就绪。"有件事想与您好好商量。"经理说。他的表情不同以往。

"您使用了国际电话吧？"

"对，那部分也烦请一起收费。"

"您和丛林旅行社电话联系上了吧？"

"是这样没错。"

"您为什么之前闭口不说自己是丛林旅行社的员工呢？"

"您是偷听了我的通话吗？"

经理的态度让尤娜感到惊慌，她不自觉地叫出了声。

"说来话长，先进去再谈吧。卢克，黄先生一到，就领他进来。"

天空中乌云越积越厚，突然哗啦啦地下起雨来。尤娜跟着经理去了他的办公室。经理准备好了茶点，用比先前更轻柔的嗓音说："我为昨天的事情向您道歉。我本来就对外部的访客比较敏感，都怪我有眼不识泰山，才会出现这种疏忽。真是对不住您。"

经理再次把相机递给尤娜。虽然他想拿到尤娜的名片，但尤娜的钱包已经不知去向。事实上，就算钱包还在，里面也并没有放入名片。

"不瞒您说，昨天一早收到丛林旅行社的通报，说续约的事情需要再做讨论，所以我才变得有些敏感。到现在为止，我只收到一封邮件，您也知道，那边的电话联系不上。"

"是吗？这件事应该还没有确定吧。这个度假村的案子要等我回国之后再收尾。当然，考虑到您的'服务意识'，我会向公司提出这个案子就此收手。"

"您有权改变结果吗？"

"我来这里就是为了这件事。"

这个案子的负责人是尤娜，她签字的报告尚未传到丛林旅行社。"偏偏在这个时间点寄来一份探讨续约的邮件，这到底意味着什么？发这封邮件的权限不是该在我这个负责人手里吗？可是这封邮件竟然把我也蒙在鼓里。"尤娜为了掩饰自己的焦躁，挺直了腰板，左右摇晃。

"是我在许多方面礼数不周。拜托您了，您不能在这个时候撒手不管。您还有很多没有看到的景点。"

经理说的话正是尤娜想说的。她为丛林旅行社付出了多少时间，放弃了多少个周末，忍辱负重，一心工作，可现在你们要对我撒手不管？

"我给美奈评的等级是 D 级。一般情况下，丛林旅行社对 B 级以上的产品会予以续约。当然了，比起 E 级或 F 级，D 级的产品还留有讨论的空间。"

尤娜说出这些话的时候，心里总觉得有些不踏实。尤娜总是不自觉地把 D 级投射到自己身上。

"言下之意并不是毫无可能对吧？您为什么认为美奈是 D 级呢？"

"丛林旅行社经手的旅行产品大约有一百五十个。为数众多的策划人员持续不断地开发产品。就算产品不够新颖，至少也要给人以强烈的印象才能存活下来。地震、台风、火山、山崩、干旱、洪水、火灾、大屠杀、战争、辐射、沙漠化、连环杀手、海啸、动物虐待、传染病、水质污染、集中营、监狱等。其中，受韩国人欢迎的旅行产品，基本上都给人以异国冒险的刺激感。然而这样的特征在这里却乏善可陈。'猎头事件'和天坑固然是极具魅力的素材，可问题是这已经是过去五十年的陈年往事了，现在不会再发生吧。再者，这里的沙漠看起来很难被称为沙漠。准确地说，应该叫沙丘吧。至于水上小屋的住宿体验，怎么说呢？这种水准，一般的博物馆或是主题乐园就能轻易呈现，所以不免给人感觉有些'鸡肋'。作为一个普普通通的他乡异地，这里的确还算吸引人。但如果花大把钞票选择这样的灾难观光产品倒是大可不必吧？"

"这里一开始很受欢迎。"

"是时候寿终正寝了吧。如果从长远来看，没有太多值得看的景点，就会被市场淘汰。"

就在这个时候，传来了敲门声。经理从座位上站了起来。

"看来是黄先生到了，您应该认识他。"

打开门走进房间的是作家黄俊模。他一见到尤娜，就吃惊地张大了嘴。

"原来是您啊！听说房间里有个韩国人，我还在想是谁，真没想到是尤娜小姐您呢。不对，才没过几天，你怎么都瘦脱相了？您还没有回到韩国吧，还是您回去之后又跑来了？"

"我还没能回国。不过，您怎么又回来了？"

尤娜口中发出了轻微的惊叹声。这才分开没几天，却好像许久未见，作家感觉格外开心。雨点敲打窗户的声音越来越大。经理端出了炼乳咖啡和马卡龙。

"来来，我们坐下来慢慢谈。感觉大家有很多话要说，先坐下来吧。"

作家一口气喝下半杯咖啡。

"哎呀，导游简直快炸了。我们当时还考虑不坐原来的航班，搭下一班飞机回去。因为团里每个人都说要带您一起回去，所以我们就在机场等。可是迟迟联系不上，最后我们也只能无功而返，搭那一个航班回国了。那个小女孩在飞机上一直哭个不停，说是把素描本给落下了。"

"莫非您这次回来是接我回国？"

"要真是那样，这将是我莫大的荣幸。"

作家仿佛因为自己无法达到尤娜的期许而备感惋惜。他先是叹了口气，然后将剩下的咖啡全部倒入口中。

"我是来工作的。我之前提到过自己通过接各种杂活副业来维持生计吧？我是自由职业者，之前丛林旅行社是我的甲方，现在换作度假村这边是甲方。在合约到期之前，看来我都得乖乖待在这里了呢。"

"'丛林'原本是你的甲方吗？"

"没错。当时我是临时兼职。因为本来至少要五名团员以上才能成团出行，可是凑来凑去只有四名，所以我就以监督员的身份接了这份活儿。嘿，还能见到尤娜小姐您这样的美女，也没有什么不好嘛。哈哈。"

"'丛林'是您的甲方，这点和我一样呢。"

"那么说来您也是?"

"我是'丛林'的员工。"

"嗬,那您可比我更胜一筹啊。您是在执行什么秘密任务吗?不过话说回来,怎么会有旅行社的员工像这样孤立无援?"

尤娜耸了耸肩,表示自己也不懂其中缘故。多亏了作家,尤娜才知道自己的行李此时在位于胡志明的机场保管处。停工了好几天的手机终于也充上了电。尤娜这时才发现之前那天让她去问保罗的短信,并不是导游发的,因为整条消息是:"想要找漂亮的妞,请向保罗问路。"尤娜顿时感到全身无力。

因为一条在异国他乡收到的垃圾短信,而跑来这个莫名其妙的地方——一想到这点,尤娜就头疼起来。可是导游分明就提到了经理,难道不是吗?尤娜真正在意的是这一点。难道又是我没听懂别人说的话?尤娜突然如梦初醒。说不定这一切的一切都是为了测试我的能力,都是为了揭开"黄牌"最后的结局。换句话说,此时的状况,眼下的难关也有可能是这次出差的一部分。尤娜想起金之前说的话——让她自己找出路。尤娜想知道,她究竟是跌入了自己认证的灾难旅行里,还是坠入了灾难旅行之外的一片混沌之中。尤娜总觉得对当下的状况越是怀疑,自己陷入的泥沼就越深——所以也不能任由自己这么胡思乱想。此时此刻,尤娜不信任丛林,而度假村信任尤娜,因为尤娜是丛林旅行社的一员。

"话说回来,黄俊模先生,您在这里做什么工作呢?"

"您先上车吧。我们要去个地方。"

三人坐上了车，汽车疾驶在美奈的环岛公路上。作家凑近尤娜的耳边说："你可别吓坏了。"

车在红沙漠前停了下来。此处明明距离白沙漠并不远，氛围却迥然不同。这个地方从入口开始就很像工地，这句话像是暗示另有一个地方可以当作入口。周围能看到约三米高的墙，而它正好绕了红沙漠一圈，所以不通过入口便无法进出，放眼高墙之内，只见耸立着一座未完成的高塔。按照原计划，这里是一座能将沙漠的尽头与远处的海景尽收眼底的瞭望台。可是自从一年前施工中断直到现在，仍然处于停工状态。就算施工方顺利完工，这座塔也只会白白消耗金钱，所以干脆就这样烂尾了。这座塔模仿的是人的形象，塔的内部建有螺旋状的阶梯，通过阶梯可以走上瞭望台。可是人像的脖子上方现在还没有任何表情。一开始是打算打造成耶稣的形象，可是换了施工厂商后，便改成了圣母玛利亚的形象。可现如今，没等看出是谁的面孔就烂尾了。作家望着那个毫无表情的人物形象说道："如果事情顺利的话，会在上面刻上我的脸吗？"

经理笑着回答："高塔的施工将重新启动。从半年前开始就在协调，后来保罗已经决定会把这项工程完工。您知道我们度假村也是保罗集团旗下的吧？"

尤娜轻轻点了点头。事实上她是第一次听说。

"其实，前两家施工厂商中途收手是因为担心在这里花钱会像无底洞。虽然一部分预测确实不假，但既然保罗投资了，事情就会有所改观。保罗在美奈这个地方的投资可算是下了大手笔的。"

尤娜一度只是笼统地认为保罗是一家船舶公司，她至今还不能说自己很了解保罗集团。然而她并不想被别人察觉自己的无知，于是决定用迂回的方式提问。

"您对保罗是怎么想的呢？"

对于尤娜的提问，经理的回答仿佛就像是一个绝对的正确答案。

"这是一家有经营天赋的企业。"

"原来是这样啊。"

"人们都说，保罗绝不会做失败的生意。"

尤娜内心不禁嘀咕："你们度假村现在难道不是已经门可罗雀，窘迫到只剩苍蝇到处飞了吗？"

"就算是为了不让保罗失望，我们也必须拯救美奈。只有这样，Belle Époque度假村才能活下来。要是保罗真的从美奈收手，那时候才真正是灾难的开始。"

他们几个经由高塔底端的入口进入内部。里面的螺旋状阶梯并不太宽敞，经理走在最前头，接着是尤娜，最后是作家。站在螺旋状阶梯上，经理的声音掷地有声。

"您知道保罗为什么投资美奈吗？"

"嗯……"

"因为便宜。美奈现在所有东西都廉价得很。就算和这一带的其他地方比也是如此。保罗是以低价在购买美奈的可能性。从某个角度来看，这对丛林旅行社也是个机遇吧。美奈现在已经跌到谷底了，接下来就只剩触底反弹了。"

尤娜默默听着不发一语。每绕过几圈螺旋状的阶梯，就会出现一扇圆形窗。幸好有这样的窗，不然整座塔的构造简直令人窒息。作家发牢骚说现在好像只走到塔的膝盖部分。这并不是他第一次，而是第三次造访这座高塔了。尽管从另一侧的入口有一部可以直达瞭望台的电梯，但电梯现在没有运作。

"保罗的投资一定会成功的。其实根据保罗提供的消息，之后国际机构迟早会针对这一带提出灾区重建方案。换言之，会在邻近的灾害区域里挑选一处，投入大量的支持经费以重建都市。从治理下水道开始，逐步解决电力问题、完成道路整修，并给当地人提供就业机会，可谓一应俱全。"

好长一段时间没有出现窗户了。

"如果这条消息属实，经理您觉得美奈会被选为这个项目方案的重建对象吗？"

"我们得想办法达成这个目标。"

因为迟迟不见窗户，尤娜总觉得自己在同一个地方打转，有些轻度晕眩。

"有没有可能保罗投入了资金，却无功而返？如果美奈未发生灾难，不就进不了灾区重建项目的名单了吗？就算是这样，也没理由期待灾难重新发生。况且，发生灾难的时间点也不是可以人为决定的。"

"怎么说呢……时间点这类事情还算好办吧。"

经理语毕，作家又接着说了下去。

"美奈整个春天都在闹旱灾。等进入雨季，又会开始下暴雨。这种时候地基松垮的地带就很容易产生天坑。暴雨常常是天坑形成的信号弹，所以时间点还不赖吧。"

尤娜思索着"时间点还不赖"究竟是什么意思。作家抢先走在经理身前，打开了位于尽头的门。他们终于走到了高塔的颈部，这里有一个瞭望台。一阵卷着沙粒的风沙沙作响，突然闯进这个一度封闭的空间。身处瞭望台，只见不远处的大海将此处围绕，波光粼粼的蓝色在风中摇曳。那片海与这座塔之间，红沙漠仿佛化身为一处高尔夫球场。沙漠的正中央有两个圆形的怪坑，它们的下方是深不见底的虚空。尤娜忍不住怀疑自己的眼睛。因为它们的形状正是典型的天坑。

右边的坑洞接近一个完美的圆形，几乎和人头湖一般大小，而与此相比，左侧的坑洞要略微小一些，但看上去更深。权且当这些天坑是接连产生的，但规模如此之大的天坑，就算是在照片上，尤娜也未曾见过。更何况还位于沙漠的正中央。塌陷的地面与完好的地面之间像是有一条界线泾渭分明。令人吃惊的是，界线处的断面看起来相当结实。这也许是身在高处俯瞰下方的关系。也许凑近看，沙粒现在还正不断向下滑落。

"这是什么时候发生的？情况怎么会变成这样……或许？"

"或许？"

或许，又或许还有什么别的情况？尤娜觉得那里像是一处施工现场。在不远处的沙漠尽头,一台挖土机低着头。这台挖土机一动不动,就像是一头瘦骨嶙峋的动物,弯下了长长的脖子。环绕这片沙漠的高墙用来做什么?尤娜心想,高墙用来隔开或者保护的对象也许并不是这座尚未完工的塔。尤娜俯瞰着眼前太过完美反而不像现实的景象。两个形同墓地的山谷被垂直打通,简直就像是五十年前"猎头事件"的现场。周边的红土更增添了这种气氛。坑洞很深,仿佛风沙也无法吹到它的底部。塔的上方也是如此。水平方向吹来的风恰巧被垂直的建筑结构——挡下。尤娜蹭了蹭自己的胳膊。

作家之后说的话让尤娜想起了一个以"去市场"开头的文字接龙游戏,把"市场"两个字改成"沙漠"一样可以玩。去沙漠有水果;去沙漠有水果和面包;去沙漠有水果、面包和帐篷;去沙漠有水果、面包、帐篷和手推车;去沙漠有水果、面包、帐篷、手推车和父亲;去沙漠有水果、面包、帐篷、手推车、父亲和儿子……正如这个游戏只要没有任何一位玩家遗漏任何一个词便会永续不断一般,八月的第一个星期日,当天在沙漠上的所有人、事、物太多,难以巨细靡遗,一一列出。也许列出当天沙漠上没有的东西反而还更容易些。那一天正值美奈唯一一所小学举办运动会,这也等同于村子里的一个庆典。从一大早开始,就有许多人、许多要吃的食物和许多交通工具涌入红沙漠。从早上九点开始,这片松软的沙漠上将举行运动会。中午则会暂时避开烈日,直到下午三点再重开庆典。然而就在上午八点——庆典开始之前,地面突然猛地塌陷,形成了第一个天坑。没等大家厘清状况,接着又有一处塌陷了。两个巨坑很快吞没了二十多台汽车与摩托车,死伤者达百人。

第一个天坑出现的位置,与两天前人们发现的一个直径两米、深一米的水坑位置相同。就像是有人在沙漠中用冰激凌挖勺挖了一个洞,这样的水坑过去也比比皆是。沙漠就像是患上了骨质疏松症,常常露出自己空空如也的部分。然而,这次人们大感吃惊是因为这回出现的水坑比之前出现的要大许多,很有可能引起意外事故。由于水坑就位于高塔的正下方,也就是沙漠的中央,因此也不能随意设置安全栅栏草草了事。学校方面在运动会前两天做了应急处理,他们把水坑填得严严实实,并在上面摆上装饰物以免大家靠近。可是没想到在运动会前的一小时,发生了塌陷。当初直径两米的坑洞,竟一下子扩大到接近四十米,深度也已经接近六十米。随着第一个天坑的出现,第二个天坑也在不远处现出原形。它出现的位置事先毫无征兆,恰恰又是人潮聚集的场所。

"第二个天坑,直径约三十米,深度至少也超过了二百米。大部分的伤亡人员都出现在那个位置,大部分都是。"

尤娜一脸恍惚地走下了楼梯,这种感觉就好像恐怖的事情虽尚未发生,但自己知道下一个做的梦一定会是噩梦。坐在重返度假村的车上,尤娜一直在思考为什么丛林旅行社的"雷达网"没有侦测到这样的情况。加上另外两人丝毫没有向她说明这是什么时候发生的事情,这更让人摸不着头绪。再次回到经理办公室,作家拿出几张照片代替作答。

"这是南美某个国家的钻石矿山。一八七一年有人在沙丘上发现了钻石,于是人们蜂拥而至,不过几个月的时间,就出现了一个深达一百米的洞窟。当然那些人的目的并不是为了制造天坑,只是自然而然变成了那样。应该把它称作人造天坑吗?据说当时来挖钻石的接近三万人。而我们只靠二十个人的力量就完成了。"

"所以说,黄俊模先生,是您在那片沙漠里弄出大洞来的吗?"

"操作挖掘机,手握铲子的当然是那二十个工人啦。"

作家又给尤娜看了几张照片。这是作家事先准备好的两个天坑施工时的现场照片。准确来说,这是中途模拟事故的照片。就好像委内瑞拉的萨里萨里尼亚马峰[①]的天坑一样,起初只是连续出现了几个小坑洞,像是地底下的动物用来呼吸的气孔。可是就在某一刻,这些小小的坑洞扩大成了两个巨坑,变成了如今我们看到的模样。

"可这是为什么呢?为什么要弄出这些洞呢?你刚才说的那些事情到底是什么意思?我是指你说那里会发生意外。"

尤娜没有信心把两件事情串在一起,所以才这么问。作家则责怪尤娜到底有没有在好好听。

"这件事情至关重要,所以你可注意听好了,尤娜。三周后,准确来说是八月的第一个星期天。我们已经准备好了天坑,那一天这个天坑会自然而然地被人发现。换句话说,那一天所有事情会按照你刚才听到的故事内容轮番发生。"

[①] 萨里萨里尼亚马峰(西班牙语:Sarisariñama)是一座位于委内瑞拉、毗邻巴西的山峰,海拔高度最高约 2350 米。

经理点了根烟，叼在嘴里。他朝着尤娜相反的方向吞云吐雾，然后说："怎么样，这样的意外事件适合当丛林旅行社的旅游产品吗？"

尤娜好奇的是，他们所说的天坑究竟是将来式还是过去式。

"我是说那场运动会，是什么时候举办的呢？我是想问确切的时间。"

"现在还没举办，那是三周后才会发生的事情。"

风向变了，这下经理吐出的烟雾朝着尤娜的面前飘了过来。

"也就是说，按常识来看，现在您说的话……"

"按常识来看，美奈再这么苦等下去是行不通的。人们不管是死于灾害，还是坐等饿死，不都是殊途同归？照当下的状况，还不如发生灾害更好一些吧？同丛林旅行社签约，建造度假村以来，美奈的日常生活都是按这个角色量身打造的，也多亏了这样，一度外流的年轻劳动力重新返乡就业。如今，这个角色演不下去了，就等于日子也过不下去了。"

经理使出比平时更大的力气踩着丢在地上的烟蒂说："我不能让保罗失望。"

这项计划早在半年前就开启了。应该是从游客人数减少，丛林旅行社嗅出不安时起，美奈就已经在自行创造话题了。尤娜支支吾吾总算开了口，因为觉得自己应该多少给一些提案。

"经理您知道'拜'吗，作家您呢？"

经理摇了摇头，作家也表示不知道。

"拜是泰国的一个小村庄。它原本是从清迈前往夜丰颂时会路过的一个小站。但随着游客开始长期逗留，现在已经成了旅客专程造访的旅游目的地。"

"那里是有些什么吗？"

"拜什么都没有。去拜的时候，你会发现有很多地方在兜售印有一句'拜什么都没有'的T恤。放眼望去全都是类似'拜没有什么特别之处''在拜，什么事情都别做'这样的句子。大家都很中意那些句子，觉得在那里很自在。我自己也买了一件来穿，是一件印有'拜是个走过场的地方'的T恤。我就穿着那件T恤在拜度过了百无聊赖走过场的一周。可是等我回来之后却发现，那百无聊赖的一周让人念念不忘。所以直到现在，我做梦还会梦到拜。大部分去那里的人都为这种魅力而着迷。索性在这里也营造出拜那样的感觉如何？"

"拜是拜，美奈是美奈。"

经理说完后，起身望着窗外——万物俱籁。到了这个节骨眼，尤娜还是忍不住问出了一个自己一直想回避的问题。

"那上百名的伤亡人员要怎么弄出来呢？"

他们说，这点无须担心。

世上有些人相信海因里希定律[①]。即某一个灾难发生之前，会事先出现数百个微小的征兆。然而海因里希定律只关注灾难本身，站在受灾遇难者的立场上，这种规则不可能存在。

---

①海因里希定律（Heinrich's Law）：美国人赫伯特·威廉·海因里希（Herbert William Heinrich,1886—1962）是20世纪30年代美国工业安全的代表人物，他提出了该定律，主要内容是：在一个工作场所，每发生一起严重事故，背后一定有29次轻微事故和300起未遂事故。

灾难就是那样突如其来。这种事就像某一天脚底的地面突然塌陷，若说是偶然，未免太憋屈，若说是命运，又太过凄凉。但是这种事情可以人为造成吗？

"不少人写剧本之前会先摄影吧。他们用相机拍下照片作为剧本的素材。这么做的人太多了，可我并不感兴趣。于是我便开始反其道而行之，也就是先看照片，再把场景复原重现。我一度在网上接到许多类似的委托，整整一个星期，我一天也没法休息。那些人带着数码相机来找我，要我帮他们复原场景，或是重现之前的室内装潢，有时我还找来长相和客户相似的人，复原拍下毕业照的现场。不过现在，我主要经手的是灾难、灾害这方面的工作了。天坑的活儿也不是第一次干了。并非所有灾难灾害都是神的管辖领域，这里头当然也有人类掺和一脚的资格。"

黄俊模之所以把这类事情当作职业，多少还是因为有相关的需求。尽管他始终没说出自己曾在哪个区域做过这项工作，但他却说一直没人发现那些灾害是人工造成的。所以他的结论是，世界上发生的所有事情别全信，其中可能有百分之三是假的。

"你不会良心不安吗？"

"不安对艺术家而言就像是一双鞋，无论要去哪里，都免不了穿上这双鞋吧。"

"但事后应该会有很多人深入调查天坑发生的原因吧？"

"原因就在于基础工程啊。尤娜，我可不是一个菜鸟。天坑会因为地下岩石熔化或地基脆弱而发生，也会因为地震等内部冲击而出现，还有时是由于地下水枯竭、干旱而造成地底贫瘠时发生。我想到一个可以把这些因素拼凑到一起的原因——我说的就是建塔的工程。那座高塔会成为我们的不在场证明。事实上，高塔的施工拖垮了这片沙漠。也许正因为这样，即便坑洞最初是人为原因造成的，但比我们刚施工时大得多——我是指坑洞的直径和深度。事情进展得过于顺利，把我们都给吓到了。虽然天坑本来就容易在石灰岩地带发生，不过我们暂且不管是石灰岩还是什么岩，这里的地质要挖起坑洞来本就不是什么难事。我心里盘算着：这片土地就算现在我们撒手不管，总有一天也会破个大洞吧。高耸在不远处的那座塔看上去都岌岌可危。我认为整件事情，一半是靠人力，另一半是靠沙漠自己创造出来的。"

尤娜想，即便是五车道的马路，天坑也能在五分钟内将其吃个精光。它就像是一条长着血盆大口的蛇，把一栋房子般大小的青蛙啊呜吞入口中，两个巨洞就能吞噬整个村庄的土地。如今时间好似被快速吸入下水道口的水流，猛地卷入了整个事件中。旋涡已经形成了，问题是尤娜必须决定是要同流合污，还是就此罢手。

经理开了一瓶威士忌，倒进三个杯子里。他盯着尤娜的眼睛说道："知道我为什么要向您提出这个意向吗？"

"嗯……"

"不单单是因为您是丛林旅行社的员工——当然我们确实需要旅行方面的专家，但这并不是全部。我和您打开天窗说亮话，是因为我坚信您不会拒绝这项提案。"

尤娜试图掩饰自己的不快，猛地喝了一口酒。

"我想说的是，如果您下定决心回韩国，在听了我们的计划后打算置身事外的话，一定会想尽办法趁早离开这里。然而，您却留了下来，所以我对高尤娜小姐您产生了信任。我看人的眼光还是挺准的哟。"

"你想从我这里得到什么呢？"

"您不是具备拯救美奈的权限吗？您是这次续约的负责人。"

"你以为只要我点头允许，就能顺利续约的话，那只是一种错觉。丛林旅行社的负责人并不具有这种至高无上的权利。就现在的形势来看，这项策划无论如何是不会成功的。我这么说很抱歉，但这是事实。"

"如果是新的策划项目呢？"

"新的策划项目？"

"等到八月那件事发生以后，新的策划项目便立刻启动了。这是以美奈为舞台的新晋旅行产品。不管是六天五夜，还是七天五夜都无所谓。您是这个领域的专家，我相信您会站在丛林旅行社以及众多韩国游客的立场上，开发出完美的旅行产品。要不您就干脆待在这里，一边开展实地考察，一边试着写出策划方案怎么样？如果您事先做好准备，不仅对您自己，对您效力的公司也有好处吧。等这边事件发生，各方收拾残局的时候，丛林旅行社那边就可以推广改头换面后的新产品了。毕竟这种事情要先下手，找准时机、顺势而为，才是上策。"

"那我可以得到什么呢？"

"您可以获得管理该项目的全部权限。因为我们度假村只打算通过您来进行交易。我有信心，这将成为让您的主管大吃一惊的旅行产品。"

尤娜觉得自己身体中央仿佛被凿出一个小洞。而经理正通过那个小洞窥探着尤娜。耗费数月时间竭尽全力打造出的一个策划项目，到头来无疾而终或被别人横刀夺爱的案例数不胜数。如果真的能和旅游景点的当地机构或酒店建立起信赖关系，对自己也毫无坏处。再说从当下的情况来看，他们不已经是心照不宣的共犯了吗？

在丛林旅行社，尤娜每天一上班就要评估前一晚灾难发生的位置与强度。她需要从报纸上的报道，社交媒体、国家机关的资讯中进行筛选甄别。一晃十年，她的日子都是这么过的。可是这几天，尤娜觉得自己迷失了方向。那些出差前追踪已久、不得已才放手的策划案，现在不知道进展如何。一想到这些，她就不由得焦躁起来。对于镇海的旅行产品，尤娜至今念念不忘、无法释怀。那座城市的痕迹，想必此时还在四处漂流，也许在大海的另一头被人接连发现。虽然尤娜的日常生活里并没有漂离镇海的元素，可是总觉得自己的一部分似乎已经四分五裂，跟着流向了太平洋或是大西洋。

尤娜想起了多年前自己的前任员工。虽然没有见过他本人，但尤娜觉得自己比任何人都懂对方，因为耳边的风言风语可不少。据说前任员工原本提出了辞呈，在金的劝说下最终接受了为期半年的休假。可是他前脚刚走，公司内就传言四起。

"本以为朴科长是个乖巧老实人，没曾想他现在一副拍桌子走人的狠样。"

"你以为他是个乖巧老实人？我倒觉得他是个狠角色，他才不是那种中庸的人。而是一个非黑即白、爱憎分明的人。"

下属提出辞呈，上司却当作休假处理，大家都以为朴科长在这局游戏里获胜了。然而六个月后，重返公司的朴科长却拿到了倒数第一的考核分数，很快就被派到了任何人都避之唯恐不及的地方。这么一来，朴科长最后真的提出了辞呈，公司里只留下朴科长的传闻，在员工之间广为流传。

"这不是明摆着的吗？他休假半年后就到了十一月。很明显那是人事考核的季节啊。金组长就是要把朴科长抓来当垫底的，而且他也需要一个把对方送往地狱的名额。反正朴科长本来就打算递辞呈，索性就让他代替那些不敢妄想离职、需要养家糊口的同事英勇牺牲咯。金组长对朴科长百般挽留的时候，我就一直觉得很奇怪。他根本不是那种人嘛，他完全是一个把下属榨到一滴血不剩的人啊。"

朴科长的辞呈被受理之后，尤娜便马上接替了他的位子。这个位子虽然空缺已久，但处处都留着前任员工的痕迹。朴成东这个名字自动保存在策划书格式的每个角落，所以尤娜必须要做出修改。甚至还有几通电话打过来询问朴科长是一个怎样的人。冷不丁在一通来电里被问上一句"朴成东先生是一个怎样的人"，尤娜为了弄清电话那头背后的用意以及对方的身份，而吃尽了苦头。尤娜心想，朴成东科长也许是向别家公司投了简历，所以尽管自己不认识他，回答对方的问题时却自然流畅，仿佛自己很了解他，仿佛他就是一个好人。

尤娜突然有一股冲动，想打电话给公司说："麻烦帮我转接策划三组的高尤娜小姐。"她到底会听到什么样的回答呢？该不会原本空着的座位上已经有交接的人坐在那里了吧？

尤娜盯着自己面前的透明威士忌酒杯，思索着隐藏在背后的一切。同时思索着这次出差的意义。身为负责人，她明明还滞留在此，而丛林旅行社已经不再通过她传递信息——尤娜最终不得不承认：或许自己也像多年前的那位前任员工一样，被公司以相同的手法处理完毕，就像是本以为是从天而降的天坑，事实上早已积蓄了多年的能量一样。

"您知道真正的灾难是什么吗？"经理问尤娜。

同行的一众旅客说经理看起来像典型的美奈人，然而尤娜心里对美奈人的长相并无把握。虽然经理的皮肤黑黝黝的，但是比起 Belle Époque 度假村的其他员工却显得白一些。他身材魁梧，经常露出让人备感压迫的表情，就如同现在一样。

"是灾难发生之后的场景。因为到时候又会经历一次生离死别。"

经理又露出无比慈祥又温柔的表情。他戏剧性地一改威严的表情，低声地补充道："尽可能在灾难发生之后，把美奈从真正的灾难中拯救出来，这正是高尤娜小姐的责任。"

决定命运就在一线之间。经理的提案对尤娜而言也是一次机会。尤娜把玩着酒杯，当然这也可能是一个圈套。但假如是金，假如是金碰上了眼前这种情况，他也许会乐在其中。

经理和作家高举酒杯时，尤娜只把酒杯举到了他们一半的高度。三个酒杯在空中碰撞。尤娜喝下的一口威士忌在她的胃里翻腾灼烧。

五　人体模特之岛

刚进入淡季，度假村不见一个客人。因为七月到十一月天气不佳，观光客在这段时间销声匿迹。虽然灾难并不分旱季和雨季，但对灾难观光而言，降水量、温度、湿度等因素至关重要。尤娜一行人刚来到这里时，度假村恰好进入了淡季。

早上的天空总是很晴朗，尽管到了下午会下起瓢泼大雨，不过所有噪声和湿气都在夜间蒸发殆尽。尤娜站在阳台上，俯瞰大海，仰望天空。仿佛用指尖轻轻刮下整片天的一层表面，在它底下还会出现一模一样的天空。在理应退居幕后的时间点上，美奈没有轻盈地离场，而是拼命不放手。不是有句话叫"临渴掘井"嘛。美奈不是还想无中生有弄出个坑洞，筹划着一场惊天骗局吗？尽管美奈在各个方面都与尤娜的处境相似，但它却比尤娜积极多了。

短短几天时间，发生了许多事情，但有一件事情变得越发明朗起来。那就是此时此地尤娜也被交付了她的角色。这意味着迟迟难以解决的问题，现在轻轻松松迎刃而解。光是从度假村员工第二天就去位于胡志明市的机场取回尤娜的旅行箱，便可见一斑。尽管护照和钱包依然下落不明，但当她看到那个体形庞大、略显陌生的行李箱时，一颗悬着的心终于放下了。

为了把整个情况梳理清晰，尤娜写了一份合约。这份合约的主旨是尤娜会在七月底前将旅行产品的完整策划交给经理，而从八月开始,美奈与丛林旅行社的所有交易都必须通过高尤娜来进行。尤娜原本打算在八月的第一个周日的前一天离开这里。但在美奈,如果要逗留超过一周的时间,必须要获得许可才行。尤娜想要继续留在这儿的话,需要取得滞留许可。这个所谓的许可多半是保罗核发的。

"因为保罗是向美奈缴税的嘛。"经理说道。保罗从投资美奈开始,就把大大小小的权限抓在手里。经理说他已经向保罗申请了尤娜的滞留许可,并表示一周之内应该会有结果。尤娜现在要做的最紧要的事情是得绕着美奈走上一圈。经理派了一个人给尤娜,正是之前尤娜给了他两美元的男人——卢克。

虽然经理要让出自己的车给尤娜,但尤娜极力推辞。因为感觉搭卢克的老旧摩托车出行更自在。在目击卡车事故的当天,在尤娜晕厥前载着她回到度假村的就是这辆摩托车。这辆车身像鱼鳞片片掉落一般斑斑掉漆的摩托车。

"那天我都没能好好打招呼。你的名字叫卢克,对吧?"

"您还记得呢?"

"你知道我的名字吗?"

卢克摇了摇头。

"我叫高尤娜。我那时候也看到了这个,但是拼写错了。"

卢克的脸好像唰地变红了。

尤娜在他的摩托车车身上,发现一个不能看作韩语字母ㅈ①,但也只会是ㅈ的韩语字母。

---

① ㅈ是韩语字母的第十个字母。

这个孩子，不过现在恰恰相反，尤娜连连往后退了几步。直到卢克走过来，孩子一眨眼便消失不见了。

在孩子消失的那个位置，只有一条老狗望了尤娜一眼，又再次耷拉下脑袋。在旅行期间，连一条狗都看着像是灾难的记忆残片，而如今那条狗就是那么平凡无奇。之前孩子躺着玩耍的吊床，现在只是一张渔网，没网住别的，除了空中的风。躺在渔网下面的狗已经入睡了。蓝色吊床在它的上头，摇摆起来驾轻就熟。乍一看，吊床像是一件披在狗背上的披风。

"这里有一个叫南的女人，你认识吗？"

"南是一个很常见的名字，不过大家只会在有客人来访时，才来这里上班。"

"那些叫'南'的人真的是汶达族吗？"

卢克微微一笑。

"那种事情没有什么意义。"

"为什么？"

卢克稍作思考，这样回答："因为有更宽的分类。"

到了下个地点，尤娜才明白"分类"代表的意思。卢克说要让尤娜见识一下真正的水上小屋。尤娜也相当好奇"真正"到底指什么，于是摩托车立即奔驰起来。

经过红沙漠之后，无数水上小屋在身后的大海现身。其数量之多，让白沙漠一带布景般的水上小屋相形见绌。如果白沙漠一带的水上小屋是取得执照的假房屋，这里便是没有取得执照的真正的房屋。美奈人口的三分之一住在这里。

"大概有三百个人住在这里，不过旱季的时候，他们会离开,雨季到来时,他们就会搬到这里来住,就像那样用船载着房子来。"

"为什么放着真的房子不用,另外建那些布景呢?观光客也不知道有这个地方。"

"这一带是无执照区域,美奈其实并不允许这些人居住。"

"这些人真的是汶达族吗,或是卡奴族?"

"现在没有人在意那种事情。这里的人就是很穷,穷到交不出税。"

一块写着"鳄鱼警戒区域"的木牌失去了平衡,摇摇晃晃倾斜在水面上。这一带一度有身长五米左右的咸水鳄鱼出没,不过现在它们都不见踪影了,只剩下没有执照的水上小屋的人们留了下来。在旱季的时候,他们会漂流到他处,等到了雨季,他们又回到大海。问题总在他们回到海边的雨季时发生。保罗并没有核准他们的居住许可,就算在保罗管理这里之前也是如此。他们和美奈的决策层总是相处不融洽,但最终双方心照不宣、达成了一条不成文的约定。观光客在美奈逗留的时间是周一晚上至周六上午。从周一上午八点到周六上午十一点,这里的人们不得来往于"观光地"附近的区域。即便雨季是观光的淡季,大部分日子里都不见一个观光客上门,水上小屋的人们依然无法通行。

"雨季的时候,鳄鱼会爬上岸,这实在让人头疼。大部分的动物吃饱了就不会猎食,而鳄鱼是个例外。鳄鱼不管肚子是饱是饿,只要是移动的东西,它们都会咬咬看。万一被咬到,只有刺鳄鱼的眼睛,它才肯松口。"

经理发现尤娜回头看鳄鱼警戒区域,便这么解释道。他说最好不要去那边,还补了一句说很危险。此时一张偌大的美奈地图在他的办公桌上铺开。这还是尤娜第一次观看美奈全区的地图,地图上只标出了几处地名,所以这张地图并不便于使用。经理用红笔在地图上圈出五处地点,说希望务必将这些区域纳入旅行策划方案里,其中也包括尤娜认为亟须优先调整的区域,也就是火山与温泉。

"火山几乎算不上是火山了,只会让这项旅行产品的整体印象变得粗糙低劣。有什么非得将其放入不可的理由吗?"

"高尤娜小姐您是这方面的专家,因此您的意见想必一定合情合理,但也请您能考虑一下当地人的情感联结。"

经理一边往尤娜的咖啡里加进两颗法国产的方糖,一边说道:"这里的人把火山视为非常神圣的地方。"

"但是客人是外部人员,在外人的眼里,这座火山并不像是火山。"

尤娜倾注全部心力策划美奈的旅行产品。火山从一开始就没有被排入行程。经理如此执意将火山纳入其中,与什么神圣与否、当地人的情感联结毫无关联。虽然尤娜后来才得知,火山一带大多是保罗收购的土地。这是卢克私底下透露给她的。

"莫非红沙漠一带,也和保罗有关系吗?"

"有一块环绕沙漠的 U 字形土地,一眼就能认出那块是保罗收购的土地。只有那里土壤肥沃。不过谁都无法出入那块土地。"

尤娜想起了架设"鳄鱼警戒区域"木牌的那片区域。那里果然也是 U 字形土地的一部分。住在这一区域的水上小屋的居民之所以和保罗发生摩擦,和这片肥沃的土地不无关系。保罗的土地就像每块瘦肉周围紧挨着的肥肉。只要过了八月的星期日,保罗的这块肥沃的土地上就会有下金蛋的鹅群来来往往。到头来,尤娜还是接受了经理的要求,把火山加进了旅行策划方案,但越是这样,她越是觉得自己被少数人用来满足私欲,而非真的为美奈整体着想,这让她于心不安。可是话说回来,又有哪份工作不是这样呢?现在尤娜总算是明白了为什么经理想事先制定旅行策划方案,还有为什么要将这份工作委托给自己。想通了这些,她倒也感觉轻松不少。另外,如果细究那少数几个获利的人,自己也免不了拿到些好处,于是尤娜紧紧闭上了嘴不发一语。

尽管外面电闪雷鸣,但在经理办公室却听不到这些动静。尤娜提议,不如就在火山喷发口的一旁盖间餐厅或酒店,这样一来能增添紧张不安的气氛,二来能让观光客觉得不虚此行。虽然经理担心那座火山不是彻彻底底的死火山,但很快就积极评价起在火山喷发口一旁建立观光设施所带来的卖点。

除了早餐时间,作家整天都在小屋内埋头写作。尤娜只有早上用餐的时候能碰到他,但每到这个时候,作家总是带着充血的双眼和蓬乱的刘海出现,接着只点一道鸡蛋相关的早餐。这也是尤娜唯一可以使用韩语的时间。从某些方面来说，作家（单纯因为他是韩国人）让尤娜想起了自己搁置在韩国的生活日常——包括丛林旅行社在内的所有过去。从回想起日常点滴这点来说，作家十分有用。而他可能对尤娜也产生了相同的感情联结，动不动就搬出"我们韩国人"或者是"在我们韩国"之类的话。

"尤娜，你知道什么样的灾难会成为话题吗？"

"这个嘛……"

"不是所有灾难都能吸引眼球，能够成为话题的灾难与众不同，一般满足以下三大要素。首先，规模要达到一定程度以上。如果是地震，要达到里氏震级 6.0 以上；如果是火山爆发，爆发指数要在三级以上。现在如果不够规模，根本抢不了新闻头条。只有达到相当的规模，那些忙碌的人们才肯挤出时间，对此报以同情，给予关注。这个世界充满了太多的刺激，这是不争的事实，我们无可奈何。所谓的'关注'必须是一种发自内心的感情。其次，灾难必须在一个新的区域发生。总是反复出现相同的地名，就太没意思了。因为那种地方让人不用想就能猜个明明白白。既然强度不够，不妨提及新的区域，鲜为人知的地名，这样有助于吸引大家的注意。你想想看嘛。新闻画面里出现一条轰然倒塌的街道，但一旁却是用大家习以为常的文字写成的路标或者交通信号。还有，该怎么说呢？如果是经常看到的人或是熟悉的穿着打扮，你不会觉得有些看腻了吗？毕竟怜悯也会产生倦怠。反之，当一个与众不同的世界以凄惨不堪的模样出现在我们眼前，那些未曾受过刺激的细胞便会猛然受到冲击，人们也会感受到一种耳目一新的痛苦。最后一点，也是最重要的一点，就是'故事性'。灾难发生后，人们翻阅报纸并不只是为了见证灾难的惨不忍睹，他们也在努力寻找千疮百孔之中发生的感人事迹——因为这点我们在生活中常常遗忘。"

作家看起来似乎沉醉于自己的一番壮语。他的肢体动作也随着他的长篇大论变得丰富起来。他的手不断在空中旋转，向空中伸展又交叉回旋，终于手向下搁在了盘子旁，却不小心把叉子撞掉在地上。作家本来还指望有人弯腰拾起叉子，却没有一个人收拾旧叉子，或是为他换上一把新叉子，这下把他惹恼了。

"这个地方就是这样，管理不行，真不行！"

作家从邻桌拿来一把叉子。虽然用餐的地方摆了好几张桌子和餐具，但实际用餐的基本只有尤娜和作家而已。

筹备灾难旅行，过程可谓煞费苦心。要保证这趟旅行无论从哪个角度细分，灾难的断层都能给予人们足够的悲伤与感动。到头来能吸引人们眼球的还是强烈的画面感。尤其大家都是借由大众媒体接触到灾难的，媒体上呈现出的画面直接主宰着灾难的实际形态。事实上，只要观察几个发生时间相似，规模也相近的灾难，你就会发现灾难规模与民众的捐款或是社会的关注程度并非一定成正比。有些城市的灾难只在报纸上草草出现了几行，没过多久就被人遗忘，而有些城市却获得了更高的关注度和更高数额的捐款。这都要归功于几张记录下城市化作废墟的照片，以及这些照片背后令人动容的故事。看到与自己处境类似的人，人们心生怜悯想施以援手。想要达到这种效果，就必须要呈现出那些灾民的生活有多么不堪，最好的情况便是在残破不堪的生活中让人产生共鸣。作家正为如何饱满地呈现出残破不堪的生活细节而煞费苦心。考虑到人们对这类故事的热情，他倒不用多有创意，问题的关键在于让谁去死。作家的笔记本上已经事先写下了数十项死亡事例……

一开始尤娜听说，死者会由"人体模特"来扮演。那些"人体模特"并非普通意义上的假人。也就是说，它们只是名称叫"人体模特"，实际上就是一具具真的尸体。普通意义上的"人体模特"并没有家人，而真人离世后，自然会有遗属和留在世上的亲朋好友。当家人或亲朋好友把遗体交给火葬场时，有些人会签署同意书，让尸体不必立刻火化，而是愿意将其用于促进美奈整体医疗技术的发展。作为补偿，他们能获取足以度过余生的金钱。不过就算那些金钱不足以支撑遗属的余生，他们之中也鲜少有人苛责自己的选择。在他们的许可下接受的尸体被称为"人体模特"，全都保存在冰库中。在冰库中，腐烂的速度极其缓慢，照这个情形，至少还能撑到八月的第一个星期日。

那些"人体模特"才是在八月举办的运动会上扮演关键角色的主体。一具具"人体模特"将在八月的第一个星期日被扔进天坑里。为了让整起事件天衣无缝，甚至有可能在人间炼狱般的天坑上再点上一把火。虽然想破了头也想不出这与"医疗技术的发展"有半点关系，但尤娜认为这不是自己该介入的问题。

免不了要为"人体模特"起名并赋予其故事性——这是作家的责任。那些"人体模特"被赋予了他们生前自己都不知道的故事。生前素昧平生的，或只是点头之交的，或是因为其他关系扯到一起的人们摇身一变——做了同事，成了家人，当了恋人。不管怎样，他们此时此刻都静静地躺在火葬场的冰库未被火化。作家说，这是在杜撰美谈佳话时常用的手法。

"虽然有人说，这等于让死者又死了一次，但从某种意义上来说，也可以当成是他们的复活。"

"大部分尸体都是直接捐赠的吗？"

"交通事故的案例大多如此，虽然这里的死者大多死于交通事故……"

"交通事故？"

"因为这里，行人死于车祸，肇事司机受罚并不重。反倒是行人受了重伤，勉强保住性命的情况最让人头疼。因为这样就得照顾这个人的后半生。万一对方是一家之主，还得一同照顾其家人。还不如就付一笔死亡和解金，经济负担也轻，所以大家多半都会这么做。"

因为想起卡车故意碾过那个拉手风琴的老人的画面，尤娜不由得闭上了眼。胃部又一阵翻搅起来。

"所以他们就干脆杀人了吗？"

"大部分来往美奈的车辆都属于卡车，所以他们大可以撞过伤者后逃之夭夭。我第一次听到的时候也大为震惊，不过，其实换汤不换药，这种事情在韩国不也经常发生吗？"

突然不知何处警笛声大作，尤娜失手掉了叉子。虽然她迅速地捡起叉子，但却没有胃口去拿一把新叉子，便径直从座位上站了起来。

并不只有死者需要事先做好准备，负伤的人和身体健全的目击者也都要安排妥当。只有这样他们才能活生生地发挥出色的演技。被分配到男子一号、二号、三号，或是女子一号、二号、三号角色的人都分到了一两句台词。

"地面和墙面突然出现了裂缝，门窗都关不起来，感觉门窗边角不合已经是老问题了。"

"因为地面上总能看见年轮形状的裂痕，我就觉得好奇怪，那到底是什么，真的好奇怪。不过我完全没想到地面就这么轰然塌陷了。"

"我听到了一声恐怖的巨响，出去一看，眼前所有的一切天崩地裂，脚下砰地裂开了洞。我看到姐姐整个被吸到了里面，可我一点儿办法也没有，所有事情就这么瞬间发生了。"

他们已经在事先练习事件发生后碰上采访时需要用到的台词。这一两句台词为他们带来的收益可以抵得上一名美奈普通劳动者半年的所得。很多人踊跃报名。换言之，赴死者以赴死者的形态，幸存者以幸存者的方式准备着。

尤娜走到了海边，地平线宛如一道围墙环绕着Belle Époque度假村。这一点虽然一开始让人觉得安逸，不过现在反而有些令人烦闷。尤娜自言自语道，这里只不过是一个规模稍大的剧场。一个空虚的剧场——犹如一个在海面浮沉的浮标，永不沉没，也永不安稳。

尤娜和卢克在名为"庆祝"的摩托车上一路奔驰时,曾经看到过火葬场。但从半年前开始,那里就没有烟雾冒出。所以与其说它是个火葬场,不如说让人感觉是一个大型超市,身穿制服的职员忙忙碌碌,穿梭其间。他们都穿着黄色的背心,戴着印有保罗标识的帽子。这场景活脱脱就像刚有新货送达大型超市一般,他们充满干劲,奔走在各自负责的区域。刚才似乎送来几具尸体,他们扛着盖上毯子的担架,一下子移到这区,又一下子移到那区。如果持续观察眼前这番光景,实在难以相信他们搬运的是曾经活生生的人,倒更像是标准化的商品。

后颈才传来一阵清凉,眼前就落下了豆大的雨滴。卢克将放在火葬场入口处的一把大型遮阳伞抽出,当雨伞撑了起来。这把伞又厚实又大,足以遮蔽尤娜与卢克两人。两人共用一把伞,周围突然显得安静起来。

"卢克,你知道我现在在做什么吗?"

"你不是在改进旅行策划方案吗?"

"我怕自己可能会遗漏些什么,所以只要你觉得是有用的信息,尽管告诉我。我是指那些对美奈的灾难旅行有用的信息。"

虽然原原本本地使用了"灾难旅行"这个词,尤娜还是有些顾虑。卢克不也是美奈的居民吗?他可能会感到不快,而卢克的回答却出人意料。

"怎么说呢。其实我并不怎么了解这里之前发生过怎样的灾难。因为在观光客涌入之前，这里真的什么都没有。这里只是什么都没有罢了，但这并不是灾难啊。"

听了这番话，尤娜一时无话可说。美奈很穷。但这也许只是出自外部人员的视角。以外部人员的观点将美奈归类为灾区，或许这是一种傲慢之举。雨不知不觉变小了，几滴雨珠飞溅在遮阳伞上发出啪嗒的声响，好似鸟儿飞走前拍动翅膀，不一会儿雨就停了。

夕阳西下，天空一片火红。一棵棵直立的椰子树沐浴着今天最后一缕阳光，它们看起来就像是长生柱①似的，又像是万圣节在眼睛、鼻子和嘴巴处亮起烛光的一只只南瓜。当卢克问起现在上哪儿时，尤娜开口问："在美奈你最害怕的地方是哪儿？"

卢克最后选出了一个地方。岛上的夜晚来得早。当所有事物由动至静的时刻，最后一个目的地出现了。这里有一棵棵至今仍在生长、犹如动物般的树木。这些树木具有惊人的力量，力量大到似乎得给它们施打生长抑制剂，它们的名字也煞气逼人——叫"绞杀者无花果树"。即便是坚硬的岩石，在它蠢蠢欲动的野性力量面前，都面目全非。一颗颗支离破碎的石头就像是被砍下的头颅。

"这种树，我见过。吴哥窟也长着这种树，是一种会缠绕吞食建筑物的树木。"尤娜仰望着树说道。

---

① 长生柱：旧时作为守护神或路牌立在村口的木柱或石柱，是韩国人祈福民俗文化的代表。柱身最上方代表男性的大多戴着官帽，代表女性的一般插着发簪。柱身依照性别，分别刻上汉字"天下大将军"与"地下女将军"。

卢克则一边轻轻拍打着树木,一边说:"这棵树不太一样。这棵树是独一无二的。关于它有一个传说。在我小的时候,母亲说站在这棵树前就能看见鬼。所以我一旦闯了祸,母亲就说要把我倒吊在这棵树上。"

"你都闯了些什么祸呀?"

"也不是什么大祸,主要是和弟弟打打闹闹。这时候母亲就会说:'看我不把你们两个小兔崽子倒挂在树上。'只要这句话一说出口,打斗立马停止。"

"现在还有孩子害怕这句话吗?"

"现在情况有所不同。如今都没有人说在这棵树前会看见鬼了。不过倒是有人说在这棵树前能与自己的恐惧面对面。半夜来到这棵树前,就会看见自己恐惧的东西。"

尤娜和卢克绕着那棵树走了一圈。就算他们使尽全力伸开双臂,也无法完全抱住树干。

"你呢,你都看到了些什么?"

"小时候,我看见了母亲。我以前想,真是奇了怪了。妈妈又不是鬼,为什么我一走到那棵树前,就能看到妈妈呢?现在回过头来想,这完全有可能。因为当时我最害怕的就是妈妈呀。自从父亲去世之后,我就开始在树前看见他了。当时我把看见的'他'当成是鬼,自然无可厚非,但事实并非如此。"

"你父亲离世后,你应该很想他吧。"

"是的,虽然现实里见不到父亲了,但总觉得他一直在看着我,想想就有点瘆得慌。"

"你现在还会看见父亲吗?"

卢克缓缓地注视着树木。一群鸟儿飞得很低,树叶摇摆,窸窣作响。又飞来一群鸟儿,只见它们暴风骤雨般飞远后,尤娜出现在了卢克的身前。

"我们要不走吧,已经很晚了。"尤娜说道。

返回的路上,卢克的脚步不断加快,于是尤娜决定走到卢克的前面。

"拜托你一件事,我现在有点害怕。你能走在我后面吗?要是后面空荡荡的,我就更害怕了。"

卢克稍稍放慢了脚步。尤娜问如影随形的卢克:"你几岁了?"

"二十三岁"。背后传来了回答。

"你觉得我几岁?"

"二十三岁。"

"骗人。"

"不然几岁?"

"二十三……"

尤娜感觉自己好像真的变成了二十三岁。仿佛过去十年的时光一下子蒸发不见了。此时太阳的余晖尚未完全散尽、夜晚已经悄然而至,不远处椰子树的幽暗剪影好似活生生的动物。他们俩朝着那个头发尖尖,皮肤油亮,柔软摇摆着修长身姿的动物走去。

尤娜笔下的旅行策划案，内容是过往十年里最让人感兴趣的一份。策划案的内容让人啧啧称奇——甚至在里面加入了在沙漠中两天一夜的露营，以及像使用天文望远镜般，在绞杀者无花果树下通过一个小洞观察天坑的体验。也许正是在某些方面将过去与现在相融合，才让这份策划案妙趣横生。这份旅行策划案只有一处美中不足，便是它无法归于丛林旅行社划分的任何一种灾难类别。可能在大家的认知里，天坑是一场自然灾害，但事实上它不是什么"自然灾害"，人们也许觉得天坑的形成是因为一部分人的过失，然而这也不是什么"过失"。这是一场极其恶意的自导自演。无须赘言，这个"美中不足"可不能让任何人发现。

事实上了解整个计划来龙去脉的只有三个人。经理、作家，以及尤娜。不过如果算上挖洞的人，还有以直接或间接的方式为这起事件做证的人，数目已经高达数百人。即便如此，经理还是自信满满——只要作家和尤娜不多嘴，就不会有任何人挑起事端，原因很简单，因为这是一盘分工精密细致的大棋局，剩下的每个人只触及这项计划的一小部分。换句话说，挖洞的人并不清楚挖这个洞具体有什么用；火葬场搬运尸体到冷库的人也只知道尸体必须冰冻起来而已；驾驶卡车的人只知道自己行动当天的目的地以及抵达目的地的时间；做证的人也只是拼死拼活背诵自己的台词。每一个人负责的项目目的和名称各不相同。

尤娜也是如此，这是她的工作。每次听到作家谈起"剧情"的时候，她都不由得觉得自己真像是看了一本催人泪下的书或是一场伤心欲绝的电影。她怎么都联想不到这是一幕呼之欲出的现实场面——她至今仍觉得一片茫然。

真正让尤娜认清现实场面的不是剧本,而是自己的滞留许可迟迟未到。虽然经理说,碰到保罗业务繁忙的时候,偶尔会遇上这种延迟的情况,让尤娜不必担心,但经理的一番话让尤娜更加忧心忡忡。

"要是滞留许可批不下来,会怎么样?"

尤娜已经在美奈待了将近两周,若在运动会前的一周拿到滞留许可,很难说对她有什么实质意义。没有滞留许可,她现在不也照样过得好好的?最重要的是,写有该旅行项目必须通过尤娜经手的合约已经签署生效。而且她不是还早早拿到了一笔合约订金吗?尤娜怀疑保罗实际上还能对自己行使什么样的权限。

"虽说只是走个形式,但过去还从来没有一个外部人员在没有滞留许可的情况下待一周以上。这算是一种原则吧。"

"原来我现在是非法滞留啊。"

"这只是走个形式,您别太在意。滞留许可一定会批下来的。不说这个,倒是策划案进展得怎么样?如果已经有些眉目,您不妨让我看一看。"

尤娜回答说现在只是刚完成实地考察,还需要进一步考察以获得更翔实的内容。其实尤娜有意拖延日程,就像打牌一样,她需要评估出牌适当的时间点。经理虽然亲切有加,却是那种不足以信赖的类型。他的方方面面让尤娜联想到金。尤娜打算尽可能不受经理的摆布,并想方设法拖延公布策划案的时间。

这么做还有一个原因。尤娜每天早上都会搭着卢克的摩托车穿梭于美奈的大街小巷,这件事情的意义已经超越了单纯的实地考察。坐在摩托车上四处奔驰,会发现美奈的另一面。沙漠不再是沙漠,而像是一头行动迟缓的巨兽静卧在地上,风沙也不再有刺痛感。然而尤娜最想了解的是她的同伴——卢克。通过卢克的双眼看美奈,这里完全变成了另一番景致。尤娜和卢克常常相约在美奈散步,同时一点一点地教对方自己的语言。他们经常如此。

卢克知道许多故事。有些是他听来的,有些是他亲眼所见,还有些是他亲身经历的故事。美奈有许多空荡荡的街巷。无非是两种情形——要么是人走街空,要么是街空人走。卢克和尤娜缓缓巡视着空荡荡的街巷。卢克在一扇绿色大门前停了下来。

"这是小草之前住的家。现在大家都已经搬走了吧。小草三年前死了,他当时九岁。那是美奈最有人气的时候。观光客如潮水般涌入美奈,小草也和大部分当地的孩子一样去观光景点工作。他做起事来手脚利落,游客来沙漠旅行时,他靠为游客们搬放行李来赚钱。他几乎整天都在工作。就算身体不舒服的时候也不例外。"

就是那么拼命工作的小草,最后竟然被观光客的行李给压死了,这场死亡显得虚无而没有意义。小草在他生命中最后一天搬放的行李重量接近六十公斤,对于一个生在美奈的穷孩子来说,这行李算是轻的。那天压垮小草的行李是压力锅、烤盘和丙烷气罐等，这些全是因为旅行社安排了在沙漠中央吃烤五花肉、喝参鸡汤的行程。小草最后体力不支倒地，因为行程无法顺利进行，导游连连向团员道歉，一行观光客离开后，小草不治身亡。

故事还在继续。故事的展开比卢克、尤娜两人的步幅更大，比两人的步速更快。三年前，某一户的渔夫一如往常去他工作的海岸，最后却以惨不忍睹的模样归来。那里已经不再是他能够随意出入捕鱼的海岸。度假村进驻之后，那里成了只有观光客才能享受的区域。差不多也是三年前，一个哭相最惨的小孩突然被"提拔"去沙漠的水上小屋布景。那个孩子成天从早哭到晚。观光客们拿出相机记录下他的模样。孩子一岁一岁地长大，他眼中的泪水逐渐消失，他也很自然地被布景区辞退了。

卢克现在又说起一个腰围四十吋[①]的男性油漆工和他恋人的故事。这个腰围四十吋的油漆工大腹便便，腰部以下的墙面他漆起来很困难，因此他们两人结伴行动。腰部以上的墙面由男性油漆工负责，腰部以下的墙面则由他年老的恋人负责。两人平日必须共同施工，才能将一面墙完美漆好。就连死的时候，两个人都是一块死的。死因是他们正在油漆的墙面突然崩塌。就在墙面坍塌的瞬间，男人望着女人、女人望着男人。他们连双眼都没合上，心脏就先停止了跳动。他们随着崩塌的房子应声倒地。

---

① 吋：英寸的旧称，1英寸等于2.54厘米。四十吋约为101厘米。

这个故事讲的就是卢克的父母。即便整个村庄都塌陷了,还是有人活了下来,而卢克的父母却双双死在了家里。对卢克而言,这一故事中的场面比他父母的面容更熟悉,就像是一卷放了一遍又一遍、老旧不堪的胶卷,也因此他才能这么心平气和、娓娓道来。房子倒塌后,依然在原处保持原样。一面墙被打穿了,头上没了屋顶,看起来就像是话剧舞台。墙面突然坍塌是因为高塔施工的缘故。建造红沙漠上的高塔时,沙漠周围的住宅因为不明原因接连坍塌,当时赭红色的土堆如泥石流般涌入这间房子。尤娜跟着卢克走进屋内,风沙也紧随其后。

美奈的一侧正面临着沙漠化,另一侧却进行着都市化。沙漠的面积不断增加,与此同时都市的占地也逐渐扩增。然而,倘若你站在沙漠的中央,这一切事实仿佛只是某种静止的东西罢了。一望无垠的沙漠,看不到任何动静。就连四周种植的仙人掌也像一盏盏警示灯一般静止不动。偶尔有汽车驶过,车轮扬起风沙,或是沙漠自己扬起了风。

摩托车停放的位置离沙漠有些距离,而沙漠并未停摆,风沙扬起,卢克很努力地想要抖落脚下的沙子。摩托车底部有个小洞,刷个几次就能让沙子往下排出。然而因为风沙不断扬起,让人感觉不像是在抖落沙子,而像是替风沙刷去沙粒。

沙漠虽然不是美奈的全部,但所有美奈人呼吸的空气里都有风从沙漠带来的沙子。无论是拂晓时钓起鱼儿的海边,还是这座岛上的每一条道路，也许连家里的沙发、床下都能发现沙粒的踪迹。沙漠是美奈的中心，而如今旋涡就将从那个中心转动起来。

八点十一分，一号洞开启，地面突然下陷。地面被卷了进去，当天地上的装饰物与众多礼物都被齐刷刷地吸到了下方。用于准备活动的手推车连车带人一同坠落。八点十五分，二号洞开启，上头的一个个地摊如沙粒一般倾斜而下。警报响了起来。刹那间许多人被卷进了洞内。如果眼前这一切是一长串句子，有几个人的存在就像是句号与逗号一般，负责句子与句子之间的连接，担任行动与行动之间的重要媒介。有些人打出行动开始的信号，有些人跳进坑洞里，有些人驱车向坑洞一路猛冲，有些人拉起警报，有些人必须将所有的情况拍成照片，还有些人必须命丧黄泉。

到现在，尤娜还是很难弄明白眼前阅读的文字与实际会发生的事情之间存在多大的差距。一想起星期日的剧情，她就感到头晕目眩。不过如果站在高塔的瞭望台俯瞰下方，想着不久之后这里会发生惊天动地的事情，就觉得这一切犹如传说故事般缥缈遥远。高塔下，所有的日常生活都与自己维持着一定距离，至少是与这座塔等高的距离。

话虽如此，当尤娜绕着螺旋状阶梯走到塔下，双脚贴着沙波摇曳的地面时，她又会觉得身临其境，仿佛触手可及。一切化作现实向尤娜靠近，而她正在现实的中心。

自从重启这趟旅行不像旅行、出差不像出差的行程，尤娜就没能睡个安稳觉。她总是带着烦恼入睡，她睡醒前，烦恼已经悄然而至。第二天清晨太阳升起，尤娜就会变得乐观一些。当地人需要客源，丛林旅行社也需要客源，最重要的是，尤娜自己更需要客源。如果这件事情进展顺利，尤娜不仅能立马重新坐稳自己原来的位置，与金平起平坐，说不定还能一跃站上连金都可望而不可即的位置。至少当太阳挂在天上时，尤娜能保持这种充满希望的想法。

不过有时，在太阳还未落山前，尤娜便听到了一些让她在意的事情，像是闯入度假村海边的鳄鱼最后被卡车撞死了。这项旅行策划案并不像尤娜所想的那样，也并不像经理所主张的那样，会为美奈当地人带来众多收益。反而更可能是起了相反效果。不管是观光还是旅行，都是现在的经理说服了原本丝毫不感兴趣的人们，并成功动员他们建起了度假村。度假村建成后，游客接二连三涌向这里，让整座岛屿都兴奋躁动起来。但这种情况只是暂时的，随着时间的推移，呈现在眼前的场景与人们期待的完全是另一番景象。虽然少部分人对于"一旦成为观光景点，整座岛屿就能日渐富足"的说法抱有期待，但现实生活非但没有好转，反倒是限制越来越多。美奈最美丽的一片海域成了度假村的客人们的专属海滩，除了客人，其他人不得无故在那片海岸行走。游泳、捕鱼也只能在规定区域进行。要是有一个游客花了五千美元来美奈观光，能进入当地人腰包的只有百分之一而已。如果说当地有什么改变，大概就只有四五岁的孩子们能提着在自家制作的手链、笛子到外头兜售罢了。可是如今观光客也寥寥无几。要解决当下的难题，难道就只能再兴起一轮观光热潮吗？尤娜时不时陷入疑问。

如今尤娜能够准确画出美奈的地图了。之前她六天五夜看到的最多只是美奈的一部分。真正的美奈在这六天五夜的基础上还要加上三四倍时间的缩影。虽然在相机里,所有的照片一张一张按序排列,但六天五夜中拍下的照片和之后拍下的照片——两者之间存在一条看不见的裂痕。然而真正的灾难根本无法被拍摄下来。美奈的灾难不在过去,也不在将来,而在现在。它根本无法以照片的形式拍下。这种类型的灾难,尤娜至今未曾思考过。

相机里最后一张照片拍下了卢克的模样。这张照片是在沙漠中拍下的。这张照片都没有对好焦,但尤娜并未将其删除。在液晶屏幕里,卢克的表情仿佛出现了细微变化,尤娜盯着看了许久。

尤娜的滞留许可迟迟未收到,不过很显然她已经不再被当作外部人员。若非如此,她不会那么频繁地见到卡车——尤其是印有保罗标识的黄色卡车经常出没。

黄色卡车有时负责传递信件,有时负责搬运行李,有时又成了肇事车辆。从黄色卡车上下来的人员与火葬场人员一样,身穿黄色背心、头戴黄色帽子。尤娜之前曾听到从黄色卡车下来的人的对话,对话内容太过稀松平常,反倒让人难忘。

"原来还希望可以少加点班,可要是没活儿干,又会觉得不安。"

"我们得像被雨水打湿的落叶,紧紧贴着地面才行。这样就算起风了,也不会被吹走。"

"被雨水打湿的落叶?这个比喻真不错,落叶嘛……我倒是没在这一带见过。"

两名男子坐回驾驶和副驾驶座后,黄色卡车再次全速前进。当晚传来消息——度假村附近的环岛公路上发生了两起交通事故。虽然大家都会说"怎么又是交通事故",但是所有事故均非出于偶然——只需稍加留心观察便能得知,也因此尤娜决定不让自己涉足太深。

巧的是,就在新的美奈旅行策划案即将完成之际,金联系上了尤娜。金说导游露现在才联系上自己。明明尤娜在电话里就说过自己在回国路上掉了队,金却俨然一副好像才听说这件事的样子,还特意关切尤娜现在好不好。

"那里反正是不会再续约的,你做完收尾工作,赶紧回来,你到底在那里做什么?"金的声音听起来有些疲倦。

"我的位子还在吧?"

尤娜半开玩笑的一句话却让金勃然大怒。

"要我说几次你才能明白。最近公司可是忙得晕头转向。原因就出在'FOUL'。所以你赶快给我回来。你不会休假的时候真的都在休息吧。总要有些新的点子吧?"

如果说红沙漠一带的住宅、颓败的街巷以及面无表情的美奈当地人绊住了尤娜的脚踝,那么金就一直在尤娜身后紧追不舍。金的这通电话对尤娜极具威胁性,也让尤娜再次想起当初决心留在这里的理由。这通电话后,尤娜以前所未有的速度完成了工作。尤娜暗自发誓她不会让任何人抢走这项策划案。终于,旅行策划案的名称定了下来。

"美奈星期日"——是一项七天五晚的旅行产品。

大海的另一头,某种黑色的物体一阵翻涌后渐渐平息。

六　漂流 ———

海泳对尤娜是陌生的。尤娜向来只在消过毒的游泳池内游泳。然而此时,尤娜二话不说脱掉了T恤,走向夜晚的大海。卢克就在前方不远处,静静地望着尤娜被海水打湿的几束厚重的发丝。那样子看上去像是鬃毛。月光温柔地梳理着尤娜的头发和打湿的"鬃毛"。在某个瞬间,尤娜就好像一只悠然泅水的动物,向卢克靠近。卢克的眼睛从头到尾只盯着尤娜,这让他有些尴尬,于是他闭上了眼。

"你的眼皮耷拉着呢。"

夜深了,尤娜说道。

"你的眼皮都耷拉下来了。"

黑夜沉沉,尤娜抚摸着卢克的眼皮说道。

"你是想说'休息勿扰'吗?"

尤娜湿润的指尖掠过卢克的上眼皮,轻抚着他的脸颊和嘴唇。

"你真的是这个意思吗?"

卢克没有说话。

"你为什么闭着眼睛呢?"

"因为我一睁眼,会觉得你看起来特别巨大。"

接着就在卢克要抬起上眼皮的时候,尤娜的双唇轻吻了他还闭着的双眼。接着又蜻蜓点水般吻了一下。这次换卢克的双唇轻吻尤娜的脖子。他们俩就在眼睛张也不是、闭也不是,嘴唇长吻也不是的状态下度过了一段时间。尤娜想再抱紧些卢克湿漉漉的身子,她想亲吻卢克粗糙的双唇,想吸吮他害羞的舌尖。他们的呼吸声狂野急促,但波浪的声响将一切隐藏。他们就这么躲了起来,唯有波浪拍打摇晃。

直到看着尤娜走进小屋,等到她房里的灯光熄灭之后,卢克才起身离开。尤娜在灯光熄灭的房间里思绪纷飞。她回想着自己身体与卢克亲密接触的时刻,自己的体重几乎完全转嫁给卢克的时刻,还有卢克越发急促的呼吸声。也许卢克正静静坐在某个可以望见这个房间的地方。尤娜再次点亮小屋的灯。她按下了遥控器的按钮,打开了眼皮的指示灯。过了不久,她听见了敲门声,是卢克。海边的度假村在那一晚敞开怀抱,让阵阵涛声抚慰其间所有的对话。波浪犹如催眠曲一般踩着乐点——浪起、浪落。

直到早晨,尤娜的小屋都没有拉开窗帘。小屋的"眼皮"呈现出下垂的状态。他们睡得很深,就好像希望能永远这么一睡不醒。直到中午,尤娜才感到饥饿。

"尤娜小姐,您可真让人意外啊。"

午餐时迎面遇上的作家挖苦道。

"那家伙被解雇了。"

尤娜朝着大厅走去,作家的话左耳进右耳出。

"既然他玩弄了韩国女人,就不能这么坐视不管。"

"您到底想说什么?"

"我瞧见了,全瞧见了。我不经意间瞧见,还想出手叫停,但看起来你们俩是你情我愿,我就睁一只眼闭一只眼了。不过这件事，就此打住。"

"他没有玩弄我。"

"还是有金钱交易？这个浑蛋难道靠这个赚外快吗？"

"情侣在一起有什么错吗？"

"情侣？"

"一个来自首尔的女人和一个美奈当地的男人。难道就只会发生在剧本里的故事吗？美奈的夜晚很无趣，一对情侣相伴度过漫漫长夜有什么不可？就剧情而言，这样不是更自然吗？"

作家似乎有些吃惊。他一边拿着文件当扇子扇风，一边说道："看来剧本已经泄露出去了。这该死的小岛，哪里来得万无一失？"

"黄俊模先生，没有必要连我都要骗吧？我可不知道自己也出现在那个剧本里。"

"我也没有必要特意告诉您吧。我原本想加一点爱情故事放进去。但是上头的人三不五时干涉角色的设定。现在只剩下仅有的几个没有定下角色的人物。给您安排角色，但情节会伤害到您，想也不用想——我怎么会这么做呢？但我注意到您已经和卢克亲密相处有一段时间了，就算今后公开了这个剧本，您也是主人公级别的角色，您会成为女主角。"

在这个必须提交旅行策划案的时间点，作家说的话成了最有力的证明。尤娜在作家的剧本里也是一名旅行策划人员。这一设定让尤娜再次明确地认识到以下事实——她身在美奈，她在这里策划旅行方案。毋庸置疑，没有人能把这项策划案从尤娜手上抢走。考虑到这一点，尤娜觉得剧本如此安排也没什么不好。

"全部都按黄俊模先生您写的剧本来，也没什么不好嘛，不是吗？"

"有时候会有这样的现象——在表演的时候，你无法分清什么是剧本，什么是现实。您现在正处于这种情况呢。可是话说回来，为什么偏偏是那个小子？他和您一点都不般配啊。"

因为经理找尤娜和作家，于是他们来到了办公室。只见经理难掩焦躁的情绪——原来就在昨晚，在离美奈并不远的一个地方发生了里氏八级地震。这次地震并未波及美奈，但经理的心情却大受影响——原因就在于今年下半年很有可能实施的灾区重建方案。他满脸战战兢兢的样子，生怕刚成为废墟的那个小岛成为强有力的候选。

"其实那里三年前也拿到过灾区重建的补助。如果这次还是选中那里的话，我们可就是白白忙活一场。"

这场邻近地区发生的灾难激起了美奈的竞争意识。因为这场地震，邻近岛屿的死者超过了二百人——当经理听闻这一消息，他再也坐不住了。他摊开地图，又收了起来，如此反复多次，并屡次向作家与尤娜确认计划能否顺利进行。八月的第一个星期日，只有这项计划才能拯救这位焦躁不安的经理。他们三人再次逐一检查计划的每一个环节，他们谈论的计划内容与办公室里传来的新闻有所重叠，在这则新闻面前，他们的计划还是败下阵来。比起邻近地区遭受的真实灾难，他们的计划案就像一场荒诞不经的舞台剧。

经理关掉了电视，打开一瓶威士忌。室外又下起了一阵瓢泼大雨。房间里从天花板上垂下的细长吊灯如摇篮一般有规则地摆动。黄色的灯光略带些黑色的斑点，灯光与酒一同让人沉醉。吊灯下方坐着尤娜，尤娜对面坐着经理与作家。经理看上去按捺不住焦躁，刚才兴致勃勃、闹腾聒噪的作家，在酒酣之际倒是安静了下来。此时尤娜的内心却显得异常平静。邻近岛屿发生的地震才是不折不扣的灾难实体。与之相比，美奈这里就像一个难以捉摸的幻影。在这一片幻象虚影之中，尤娜冷不丁来了一句："我们别把事情闹太大了。"

"您就别再喝了。"

经理收走了尤娜的酒杯后说。

"高尤娜小姐，您必须考虑的是——虽然有人因为天坑而死，也有人因为天坑而活。而且，活下来的人可要比死去的人多得多。"

"换句话说，天坑就像是一艘救生艇。"经理说，"为了公平起见，总不能让所有人都留在即将沉没的大船上吧？能活命的人不就该好好活下来吗？所以，就像时常上演的阴谋论里的情节，他们决定为了多数人放弃少数人。就像剜去土豆表皮的嫩芽、就像取出卡在皮肉间的子弹一样，为了留下些什么，就必须放弃些什么。问题是，又有谁会想当那些少数呢？"

人们在成为过去式的灾难面前总是抬头挺胸，不失英勇。然而碰上现在式的灾难时却稍有不同。要么还没意识到大难临头，要么意识到了也选择坐视不管，再不然就是意识到了却助纣为虐。此时发生的天坑现象并不在沙漠的另一头，而在某处看不见的地方。

尤娜先前目击到的卡车事故画面，在她的梦里反复出现。虽然她不想看司机与死者的脸，但在梦境里，一股强大的力量迫使她非抬头不可。司机与死者就在她目光可及的位置，而梦境总在她即将看见凶手或死者的脸时戛然而止。

"你还好吗？"

卢克静静地注视着尤娜。卢克的眼眸深处映出美奈的夜空。策划案如行云流水一般顺利进行，但罪恶感总在尤娜的身后如影随形。她常常遗忘卢克向自己展示的美奈与自己用利刃肢解的美奈其实是同一个地方。在与卢克同行的这段时间里，尤娜对美奈的一切都变得更留心起来。从这纷乱如麻的事情之中得以解脱的唯一方式就是与卢克见面。卢克将尤娜带到了红林。

"这是一片治愈的树林。"

"没想到这里面这么大。"

"只有入口有些窄，一到里面，别有洞天。"

他们坐上一条小船，驶向森林深处。那里是保罗的摩托车唯一无法进入的地方。一株株树木密密麻麻，简直和沼泽一样，使汽车无法驶入。能够出入此地的唯有一叶扁舟而已。他们在那里谈天说地，度过午后时光。他们两人一动也不动拥抱着彼此，仿佛一旦有任何动作，就会被时间吞没。

那天晚上，尤娜回到小屋，刚冲完凉，就听到有人在敲她的房门。

"是我。"

是谁？尤娜打开了门。一个女人将帽檐压得很低，看来她是偷偷来找尤娜的。虽然不认识对方，但又觉得眼熟。尤娜先让这名女子进入房间内。她的身上散发出陌生的气息。女人递给尤娜一沓纸——是作家的剧本。她是知道了什么内情吗？尤娜想要仔细看清女人的脸，帽檐下只能稍微看到她的嘴唇。不知为何，尤娜看她不太顺眼，她把那沓纸推回女人的面前。

"不好意思。如果是剧本的事情，那是作家的专长，并不属于我的业务范围。"

那名女子试图解读尤娜的表情，幸好当下屋内昏暗，昏黄的间接照明恰如其分地隐藏了尤娜的表情。房间里一阵沉默。女人目不转睛地盯着尤娜，眼神里透出几分不安，又透出几分迫切。

"要是没什么急事，我们明早再聊行吗？我累了。"

尤娜刚要转身，女人伸手抓住了尤娜的胳膊肘。力气就像"绞杀者无花果树"的根那样孔武有力。她慌慌张张地开了口。

"您还没通读过剧本吧？请看一下这个。"

尤娜再次打量眼前的女子，瞥见了女人的眼睛——内双眼皮、褐色的瞳孔，双眼噙着泪。女人说："我不能让任何人知道我来过这里,可是我非来不可。"

"你想说什么?"

"只要读了这个剧本,你就明白了,这件事非同小可。必须在它发生前就加以阻止。你不认为这是一场屠杀吗?"

"请你向经理去说吧。"

"你也有必要知道这件事。"

"嗯……我又不认识你,为什么我必须要听你说的……"

"这是屠杀,你正在策划一场屠杀。"

电光火石之间,尤娜随手抄起东西向女子扔了过去。拿的明明是床头软乎乎的靠枕,但对尤娜而言,手感却像是一块硬邦邦的石头。靠枕没扔到女子跟前就掉落在地。尤娜按捺不住心头的无名怒火。她只是讨厌那个女人。尤娜拉高了嗓门——

"据我所知,人们是自愿报名的。决定报名参演的人会得到相应的报酬。这是自愿报名的人和聘用他们的人之间的事情,我们什么事情也做不了。"

"我们?"

"我,我什么也做不了。"

尤娜望着女子,女子带着轻蔑的表情嘲笑着尤娜。女子说——

"只要读过剧本,你也会明白的。有的人明明没有申请其中的任何角色,却不知不觉就被分配了角色。他们根本不是出于自愿,就被纳入了这场该死的闹剧中。剧本里鳄鱼70号到鳄鱼450号都将白白送死。这些鳄鱼甚至连一句台词也没有。他们连排练的机会也没有，就这么平白无故一死了之。即便大部分鳄鱼现在还活着，他们中的有些角色仍然难逃一死。你真的不知道这代表什么吗？"

"你不是说鳄鱼吗？鳄鱼能有什么台词呢？"

"你不知道这些鳄鱼指的是谁吗？难道你到现在还没看懂这些鳄鱼代表什么意思吗？"

尤娜转过头。正如这名女子所言，她知道那些鳄鱼指的是谁——是那些住在红沙漠下方"鳄鱼警戒区域"惹保罗不快的人们。如今那里虽然没有了鳄鱼，但是来往于那里的人们被统称为"鳄鱼"。经理三番两次提起需要整顿"鳄鱼警戒区域"。每每到了雨季，这些鳄鱼就会跑上陆地，制造问题，小鳄鱼们也越来越多。

"美奈可没有大到容得下这些鳄鱼。而且你也知道，鳄鱼会很危险。"

但这些话不是用尤娜的母语说出来的。对尤娜来说，这只是一门异国的陌生语言。所以尤娜保持沉默，她也很难忍受有人打破这一沉默。

"为什么对我说这些？"

"因为你心里得知道——经理的计划是什么，这场大屠杀具体会怎么进行。我们必须阻止它发生。"

"那些我也不知道。"

"里面有句台词这么说，'听说大概有三百人。他们会在雨季回来，旱季离开。对那些人而言，美奈也算是他们的故乡，这听起来多么悲惨、多么凄凉。之前有好几次我远远地看到过他们呢。真是难以置信。那里住着一个特别惹人怜爱的少女。'"

"你这是在做什么？"

"这是一句台词，意思是只有当那些'鳄鱼'死了之后才会被当作人对待。为了让美奈演上一出惨绝人寰的悲剧，他们这些人成了替罪羔羊。你不知道剧本里的这句台词吗？"

"我不知道。那是谁的台词？我凭什么相信你呢？"

"那是我的台词。你现在愿意相信我了吗？"

鳄鱼们没有台词。尤娜只知道这些。至于鳄鱼们会以何种方式遭屠杀，尤娜无从得知。事实上，她很害怕知道这些。

"对不起，这不在我的能力范围之内。"

听了尤娜这番话，女子摇了摇头。

"你办得到。"

"请你离开吧。"

"我是鼓起勇气才来到这里的，高尤娜小姐。"

女子在尤娜的身后说道："我会这么痛苦，是因为这件事的铺陈与我有关。我一开始当然不知道事情会闹得这么大。现在我眼前的坑洞要比计划里的更巨大，甚至大到无法控制。我很后悔。我希望你不要步我的后尘，到头来懊悔不已，我是真心的。"

尤娜用力推开那个女子。她推得越用力，两人越拉扯不断。她好不容易打开门，把女子赶了出去，度假村的灯光射进了敞开的大门，让尤娜一时头晕目眩。只剩下她一个人时，尤娜不禁思考——那个比计划中更巨大，巨大到无法控制的坑洞。

尤娜彻夜未眠，第二天一早睁开眼的时候，她发现天花板上的吊扇往下掉了好几个手掌的距离。尤娜恨不得赶紧去吃早餐——只需烦恼鸡蛋的煎法。最近作家几乎都不吃早餐。尤娜独自一人享用完早餐，穿过空无一人的庭院，再次返回小屋。就在她想把昨晚发生的一切当作一场梦时，桌上的剧本映入眼帘。尤娜一手抓起剧本，直接往垃圾桶一扔。尤娜一次也没有看过这项计划的全盘设计。一开始她虽然知道终局如何，但剧情早已超出尤娜的认知范围。不知道的事情越多，也就越不愿意去想它。

在这项计划中，没有一个人被分配到用刀砍人或是把人推进洞里的任务。被牺牲的人只是被排除在消息之外。但就结果而言，这件事情将导致许多人被掩埋在洞底。这样看来，这件事情就像某人说的一样——形式上是屠杀，却没有人为此担责。这一切在精密分工之下进行，大家只是全神贯注地完成自己的工作。尤娜何尝不是这样。尽管一开始听到修正后的计划，她吓了一跳，但是过了几天，这种冲击感就逐渐减弱了。尤娜偶尔会思考这件事情的来龙去脉，考虑到最后，得到的结论往往是"自己所做的事情，到头来也只是事发后的旅行策划案而已"之类的自我安慰或辩解。假使有人直接要求尤娜把人推进洞里，她会立刻断然拒绝。然而正因为不是直接唆使，尤娜才得以作壁上观——对当下的状况越习以为常，她对这件事情造成的影响就越漠不关心。

只是尤娜经常会做梦，梦境把尤娜带进了一个新的世界。梦是关于一个即将成型的世界，关于一个成型后又即将崩塌的世界——腰围40吋的男人和他的恋人分工完成墙面油漆，吊床底下的老狗呼呼打着瞌睡，年幼的孩子练习怎么哭得伤心，老旧的摩托车在没铺好的路上飞驰——这样的世界。

尤娜明白这不是梦境。因为在美奈的某个角落，那个世界被打造成了巨型布景。眼前近乎逼真的完美重现让人甚至不觉得是布景。尤娜走了进去。不远处是油漆工和他年老的恋人。虽然只能看见他们的背影，虽然他们身后好几架照相机严阵以待，但这一场景与尤娜通过卢克的双眼窥见的、在脑中形成的画面如出一辙。那是卢克的世界，现在也是尤娜的世界。那个世界即将崩塌，就像多米诺骨牌一般，哗啦啦地倒下。那一块起初与尤娜似乎毫无关联的骨牌，眼看马上就要来到她的面前。

剧本还原封不动地躺在垃圾桶里。虽然尤娜很希望它能消失不见，但谁也没有动剧本，它就这么原封不动地躺在那里。尤娜终于捡起了剧本，接着还读到了意想不到的故事情节——就在尤娜返回韩国之后，卢克迎来了最后一幕——他的遗体在1号坑洞被发现；而尤娜的最后一幕是得知失去恋人之后，仰天痛哭。

"在我的剧本里，恋人是有期限的。你没想到？如果不是以悲剧收场,还加入什么爱情线呢?"

作家说话时似乎表情有些凝重。他说自己一次也没有写过大团圆式的美好结局。向他邀文的人没有一个希望结局是那样的。尤娜慌慌张张地抓着作家。

"这是你的剧本,还不是你想怎么写就怎么写。你想杀死卢克吗?不!"

"我这个人连一只蚂蚁都不敢弄死。谁会想要杀害无辜的人呢?不过,我是一个邀约作家,因为在这个分工系统里大家各司其职,我的任务范围就到此为止而已。"

就像食物链一样,作家的背后有经理,而经理的背后应该还有保罗的影子。

作家补充说道:"从这个层面上来说,尤娜小姐你也难逃干系。所以我一开始不就说卢克不适合你吗?趁现在调整一下情绪吧。喂,尤娜小姐?"

尤娜跑向经理办公室。尤娜想:如果作家背后有经理,就去见经理;如果经理背后有保罗,就去见保罗——总之卢克必须得救!假如连保罗都说自己背后另有其人,那么到时候该将箭射向谁呢?在保罗背后操控大局的人又会是谁呢?太阳渐渐落山,经理并不在办公室里。

但是在不远处,尤娜看见了昨晚来找她的女人。虽然无法看清女人的表情,但她的存在本身就给尤娜带来了压迫感。尤娜走进小屋,从抽屉里取出了整理好的策划案。尤娜能做的,就只有这件事了。

新的策划案加入了红树林的部分。尤娜做了一番包装修饰，让它尽可能贴近环保旅游的概念。至于红树林的生态状况，卢克比任何人都要清楚。尤娜也在策划案中明确指出了这一事实。

"卢克，说的是我们度假村的卢克吗？"

出乎意料的变化让经理有些惊慌，尤娜向经理说明——卢克对美奈流传已久的传说与自然景观的知识储备，对丛林旅行社的新策划案而言是不可或缺的。

"看来卢克这伙计的地位变得举足轻重了啊。"

听到经理这番话，尤娜低下了头，免得经理发现自己的表情。

"你究竟想要什么？"

经理发问时，俨然一副什么都知道了的样子。到头来尤娜的心思还是被发现了。她想如果是经理出面，说不定事态还有转圜的余地。尤娜下定决心开了口。她希望经理不要对卢克下手。她不希望结局是自己返回韩国的时候卢克一命呜呼。

经理盯着尤娜看了许久。表情里似乎满是意外。

"那么剧本就要大改了。这样也没关系吗？"

尤娜点了点头。最近十年里，洪水和台风占了全世界灾难与灾害的百分之八十一，而造成死亡人数最多的是地震。这些事情对于尤娜而言都只是工作内容。如今对尤娜而言，她最大的灾难是自己的情感。尤娜不安的情绪就像是不知何时爆炸的地雷。尤娜不想被经理看穿自己的不安。她心想：这个地方和我离开的丛林旅行社没什么两样，就是另一个丛林。然而，尤娜此时却没有其他选择的余地。

八月的第一周。时间一点一点地向星期日迈进。一想到那个"八月的第一个周日"迫在眉睫，尤娜的心情就分外沉重。她有时会背靠"绞杀者无花果树"站着，用以抚慰这份沉重的压迫感——夜深人静时化作巨大的重量袭来。第一次与卢克来到这棵树下时心生的恐惧，现在回想起来，那不是真正的恐惧。当时尤娜没有什么可以失去，也没有什么需要守护。如今她似乎有些明白，在这棵树下的恐惧是什么。那是一种悲伤。不是什么让脊背发凉的恐惧，而是一种无比揪心的悲伤。也许是因为自己和此地——和美奈走得太亲近，亲近得过头了。

现在看来，卢克会从这场灾难剧本中全身而退。经理说会在当日派卢克到越南去。一想到这个安排，尤娜觉得终于舒了一口气，像是头顶上又打开了一扇窗。

摩托车停在沙漠前方。尤娜说现在一切都结束了。其实很久之前，实地考察的任务就已经结束了。卢克也知道她在这个小小的美奈，在相同的地方绕呀绕，绕了好多次。

"你要回国了吗？"卢克问。

"也许吧。"

"你要跟我一起走吗，卢克？"

尤娜就这么无意识地说出了这句话。这句话还没等她的大脑同意就脱口而出。毋庸置疑这是真心话。但是卢克大概没法离开。他们一同度过的时间不是才只有三周吗？尤娜没有信心。就算卢克和她一起回韩国，接下来该怎么做，该做什么？她害怕了。几颗流星划过天空。尤娜的话就像空中的回音，萦绕在自己的耳畔。

尚未完工的高塔像一座灯塔矗立在沙漠。若是从塔上拿手电筒往塔下照，下面深不见底；若是从塔下拿手电筒往塔上照，光线也触不到塔顶。卢克在无尽的黑暗中开了口。

"你看过大脑的影像吗？"

"嗯……"

"我见过。人类的大脑一旦开始思考，大脑内部会产生许多变化。那些捕捉这些变化的影像，看起来就像是圣诞树一样。树上的灯一开一关，一闪一灭，闪闪发光。"

"你见过圣诞树吗？这里可是热带国家啊。"

"世上还有哪个地方没有圣诞节呢？"说完卢克自己笑了。

"其实，我是在度假村建成之后才亲眼见到的。比起圣诞树，我见得更多的是这夜空中的繁星。这么看来，大脑的影像和这片夜空有点像呢。亮亮的繁星在黑色的背景上闪闪发光。"

尤娜跟随卢克把视线移向夜空。就在下一刻，卢克颤抖的声音使尤娜的眼眶湿润了。

"当我想起你的时候，我的大脑中也会像这样繁星点点。虽然我和你都无法亲眼见证，但可以肯定，我的大脑里一定如繁星一般闪闪发光。"

那是一个悄然无声的清晨，成千上万的仙人掌随着流星的光亮、迎着繁星点点的天空冒出了高低不平的花苞。卢克将手伸进T恤，两人身上盖着的毛毯滑落下来。卢克把头埋进T恤里面，他的双眼噙着泪。卢克用那双眼睛凝视着尤娜。

东方既白，卢克的脸上也有了生气。他低声细语道："我会想你的。"

美奈的一天就这样拉开了序幕。而那是他们最后一次见面。

美奈按照剧本展开了行动。适度的紧张感也为土地与大海赋予了韧性，落入渔网的渔获数量众多。渔夫们对于突如其来的大丰收多少有些惊讶，但这对他们有益无害。不少人拖着装满死鱼的手推车，把道路挤得水泄不通。另外，还能看到有些人像是在装饰圣诞树一般，在沙漠的高塔和部分道路上安装监控。警报器也像大量繁殖似的，一下添置了许多。在所有事情紧锣密鼓地进行过程中，却产生了一些琐碎的问题。有些人消失不见了。是一命呜呼，还是一走了之，人们无从得知。男人11号、男人15号和男人16号的位置空缺了。但这毕竟不是少了几个零件就无法运转的机器。空的位置再找别人填上就行了。

尤娜虽然目睹了几起交通事故，但现在已经没有第一次那么大的冲击了。只是感觉刚离世的人们那一张张脸显得更面熟些。他们当中还包括先前找尤娜询问鳄鱼相关事情的女子。当尤娜目睹这名女子被黄色卡车撞到时，她分不清那究竟是梦还是现实。那名女子大概是真的消失不见了吧。因为不知从何时起，尤娜再也见不到那个曾像幽灵一般徘徊、出没于度假村内的女子的身影。

那名女子曾经可以在夜间进出经理的房间，但现在已经另有他人充当这个角色了。

"我们只要处理好鳄鱼问题就行了。如果向他们丢出诱饵，他们就会聚拢过来。他们心心念念的一直就是一样东西——居住许可，如果我们丢出这个，他们还能忍得住？"

那名女子想打听的正是这个。

经理的一番话渐渐在尤娜的脑海里拼凑出一幅大型又完整的画面。尽管尤娜尽力让自己对这部剧本变得迟钝无感，但梦里还是时不时出现八月第一个星期日的画面。在她的梦里，鳄鱼们在运动会开始前两个小时就被召集过来，正当他们获悉能得到居住许可时，脚下的地面出现了地狱般的塌陷。

那并不是梦，而是数日之后发生的现实。

唯有想起卢克的时候，尤娜才能从现实的沉重中挣脱出来。当然，这并不是解决焦虑的最佳方案。因为一想起卢克，她自然会联想起鳄鱼们。

直到卢克按经理的吩咐去越南出差的那天，尤娜才终于如释重负。卢克会等到所有事情结束之后才回来。然而平静的心情并没有持续多久。就像补上了缺少的零件，尤娜收到了一封信。这并不是她期盼许久的滞留许可。在印有保罗白色标识的黄底信封里，出现了一段始料未及的文字。

"你被雇用为鳄鱼75号。没有台词。雇佣酬劳为三百美元，将于事件发生的同时汇入你的账户。"

尤娜里里外外再次确认了信封。除了这段文字外，没有任何其他信息，而收信人的确是高尤娜。尤娜的心脏跳得飞快。鳄鱼75号？这代表什么意思？这和女人1号，女人2号，女人3号是一样的角色吗？此时此刻，尤娜想起之前跑来自己房间又消失不见的那个女人说的话——

"剧本里鳄鱼70号到鳄鱼450号都将白白送死。这些鳄鱼甚至连一句台词也没有。他们连排练的机会也没有,就这么平白无故一死了之。"

这一定是哪里出了差错。尤娜苦苦等待的才不是这么一份合同,而应该是滞留许可。她等的并不是一件酬劳三百美元的工作,尤娜的性命也远远不止三百美元。时间就像多米诺骨牌,一路朝尤娜倾倒过来。

尤娜拿起信封离开了小屋。她连伞都没带,冒着雨一路奔跑。必须去个地方不可。尤娜痛苦不堪,仿佛每一个在路上与她迎面相遇的人都在看着她说"听说那个女人是鳄鱼75号"。她去找了经理,经理不在办公室;作家住的小屋房门紧锁。房门上有好几处触目惊心的涂鸦。应该有好几批人来过这里——他们对自己分配到的角色心怀不满或心生恐惧。可是作家不可能让尤娜演这种配角才对。作家和尤娜不是心怀同一个祖国的人吗?一定是哪里出了差错。尤娜已经另有一个叫"尤娜"的角色要演。可是鳄鱼75号,这是什么意思?尤娜拨打了印在信封下方负责人的电话。这名负责人是男人34号。电话很快接通了,但是他的回答毫无特别之处。

"我只是接到了向你传达角色的指令。我负责的角色就是这个嘛。你问我为什么,具体我也不知道。那不在我的任务范围之内。那么大型的计划,我也不太……"

也许那些头戴印有保罗标识的帽子、身穿保罗背心的人都只会讲这些话。

"接下来的事情我就不清楚了。因为我的工作只到这里。"

"这件事情不在我的职责范围之内。我只负责到这里。"

"这不属于我的业务范围,我将为您转接相关部门。"

"啊?电话中间断线了吗?我再为您转接一次。"

然而就在某个时刻,电话那头连上的不是保罗,而是丛林旅行社的客服中心。

"我在等的是滞留许可。要是迟迟发不下来,我回韩国不就得了。为什么非得雇我当鳄鱼75号?我从来没有要求演这种角色!"

尤娜并没有说出这些话,而是直截了当地说:"我想回韩国。"电话那头传来手指在电脑键盘上轻快敲打的声响,听起来又像是刷卡机吱呀吱呀地吐出发票的声音。这些噪声不知为何让人心情平静。这时电话那头的人开口了。

"想必您事先读过合同条款,旅游行程是无法中途取消的。"

"我不需要退款,别的什么都不需要。只需要你帮我个忙,让我回去。"

"我并不是与您讨论退款相关事宜,而是旅游行程本身是无法中途取消的。您必须待到约定好的时间为止。"

"为什么?"

"合同条款上是这么写的。"

电话那头传来的制式回答,让尤娜既熟悉又陌生。

"假如我生病,或是出现状况,不是就可以结束旅行,回到韩国吗?"

"这位女士,您签下的是有别于一般旅客、含有其他条款的旅行产品。我看了一下，您是以出差性质签约的呢。您没有另外支付旅行费用吧？既然是以公司出差的性质出行，那就无法中途取消行程。"

"拜托了，能帮我转接金朝光组长吗？我亲自和他说。"

"他离职了。"

尤娜的大脑顿时一片空白。即便再次确认，也只听到金朝光组长已经离职的答复。至于离职的原因，对方说无可奉告。尤娜连忙说要找导游，找一个名叫露的导游。可是对方说，露正在出差，联系不上。这下，尤娜就像被最后一块多米诺骨牌撞上了太阳穴，不得不举白旗投降似的回答——

"那我也要离职。离职后，就能按照我的想法去做了。"

"按照规定，只有本人在出差途中死亡方可认定为离职。"

"拜托，拜托了！"

"至于其他情形是否可以认定为离职，我们将确认相关信息后再与您联系。"

通话就这样结束了。尤娜知道，对方是不会进一步确认任何信息的。

尤娜瘫坐在沙发上，天花板上的吊扇正久违地张开八只臂膀，盯着自己看。尤娜按下了遥控器上"请勿打扰"的按钮。然而小屋的眼皮并没有垂下。无论她怎么按遥控器，都不见效。小屋的眼睛已经脱离了尤娜的意志，讲述着其他的语言。

尤娜留心观察着逐渐变暗的天际。不知是自己眼花，还是心情作祟，天空上仿佛写有文字。她闭上眼又睁开眼，再定睛一看——依稀可见的文字是左右反着写的。如果它们真的是文字,就意味着那些文字的读者并不在尤娜这一侧。

尤娜注视着左右反转的文字,不禁联想到了其他被颠倒反转的事情。好比作家剧本里以悲剧收场的那对恋人——卢克和自己。她心想:莫非向经理袒露内心的情感反而改变了我的命运?经理问我"剧本要大改也没关系吗"究竟是什么意思?尤娜抚摸着起鸡皮疙瘩的手臂,她的后颈也感到一阵凉意。作家说保罗想要他写一出爱情悲剧,尤娜却拜托他不要杀死卢克。这么一来,故事为了以悲剧收场,竟然要拿自己下手?他们最终决定要让两个人里死一个吗?尤娜的脑海里浮现出无数种可能发生的场景。接着,这些想法中的细枝末节,又跳转到之前浏览的死亡日期网站的画面,然后一切崩塌,哗啦啦地化作散沙。

就在此时此刻,尤娜的寿命正在递减。这个事实,所有人都不例外。可是她怎么会是鳄鱼75号?尤娜觉得仿佛听见了敲门声,她的心头一颤。她走到门边,试着弄清外面有什么动静,可是敲门的人一声不响。

"卢克?卢克?"

尤娜明明知道卢克正在出差,可她还是迫切地期待敲门的人是卢克。分不清是尤娜先开的门,还是门先自行打开,门外没有一个人,又或者所有人都在。尤娜拔腿就跑,最后来到"绞杀者无花果树"下。尤娜在那里看见一样东西垂挂在树枝上。挂在树上的正是尤娜之前弄丢的一双鞋加单只鞋中的一只。尤娜不知道为什么它会挂在这里。接下来尤娜看见的是孩子的涂鸦本。正是前一段时间女教师的孩子画的那些画。那个涂鸦本随风翻过一页又一页，像在展示动漫电影的草图。画中虚弱无力一度倒在地上的老狗，在某一刻突然站了起来，开始奔跑。老狗循着某种气味，跳进了坑洞。它被人发现死在了里面。这个长久以来脍炙人口的忠犬营救主人纵身跳坑的故事，仿佛就在孩子的涂鸦本里真实地上演了。一个把保罗的帽子压得很低的人，啪的一声突然合上了涂鸦本。那名保罗的员工抬起头，帽子下面竟然是熟悉又陌生的尤娜自己——尤娜自己的嘴型，尤娜自己的鼻梁与眼睛——内双眼皮，褐色瞳孔，湿润的双眸。尤娜吓得喊不出声。她对站在眼前的自己心生畏惧，甚至没有察觉自己的身体颤抖得有多厉害。

"你去问保罗吧。"另一个尤娜这么说。

"不过保罗实际上并不存在，这点你也不知道吗？"尤娜听到这句话，双脚顿时失去了力气，一屁股坐在地上。接着另一个尤娜开始在树林间奔跑。尤娜也跟着跑了起来。尤娜似乎觉得如果不追上她，自己就会被抓走。就在尤娜奔跑的时候，无数只黑螃蟹爬上了海岸，而鸟儿就像是被弹向远处似的展翅高飞。在某一刻，尤娜不再是追赶的人，而成了被追赶的人。所有的生物都看见了尤娜。像长生柱一般窜高的椰子树、撤退的鸟儿们，以及藏在暗处发出呜咽声的动物，它们都成了目击者。只见两只发光的大眼珠朝尤娜全力冲刺——它发出轰然巨响，笨重的身躯撞向尤娜，仅仅一次冲撞，尤娜就倒了下来。在两只大眼珠反复的前进与后退中，尤娜好不容易抬起了头，只看见仿佛怒目而视的机动车前照灯。尤娜朝驾驶座瞪了回去,但很快这只"废铁巨兽"朝她纤细的脖颈压了过去。

时间暂时停止。尤娜的眼前出现了两扇半拉开的窗户,让晨光射进车里。那是两只半闭,不,是两只半开的眼睛。尤娜朝着窗户伸出了手。窗户感觉忽远忽近。尤娜不禁心想,到底是哪里出了错?现在,尤娜又回到了旅途的起点——又开始在头上有一根根粗实的电线的街道上奔跑。她跟着这些像一团团头发般的电线,经过美奈的所有街巷,越过大海,或许这样尤娜就能回到来美奈时的路线。尤娜在脑海中努力搜寻让一切走向歧路的起点。可是到头来,此刻是无数个瞬间的延续。她怎么也找不到那个分叉的起点。"这不是我的角色。"尤娜喃喃自语。在满腹委屈的尽头,她遇到了一股难以言表的安心感。假如卢克能代替自己活下来,那至少还是一种幸运吧。尤娜漂流在自己都不曾相信的情感波浪之上,她眼皮半闭。此刻尤娜的眼皮表示着模糊的含义——是返回故国,还是留在他乡?究竟是"我做好回国的准备了,把我内心此处的痕迹抹去吧",还是"我还未从这场梦里醒来,拜托你就佯装不知让它继续吧"?

尤娜使劲睁开双眼,最终又闭上了。风沙拂过尤娜的脸颊。鳄鱼75号就此与世长辞。

七　美奈星期日

作家走出了办公室。即便是在度假村内，能连上网的地方也只有经理办公室。他把通宵达旦完成的剧本用邮件发送出去后，确认自己的账户上已经汇入了稿费。这天是星期五。作家回到小屋，一路上经过数十处触目惊心的涂鸦，他闭上眼，很快就呼呼入睡。他不知道多久没有好好睡一觉了。大口喝下两杯威士忌，这有助于他顺利入眠。

星期六一早，作家久违到餐厅用早餐，可是尤娜却没有现身。到了下午也不见尤娜的身影。作家觉得哪里不对劲。尤娜住的小屋门前，眼皮呈现下垂的状态，窗帘也关上了。一夕之间周围万籁俱寂。可是低下身子，却能发现有些东西在不停地移动。海边许多鱼蹦到了岸上，可它们似乎不知道为什么自己来到了陆地。橄榄色的螃蟹此刻也接连不断地往陆地上爬。海岸线退得比平常更远，原本藏在大海底下的地面心不甘情不愿地显露出来。只是夜间，那些在海边留下的脚印早早被水流冲走。艳阳高照，昨晚发生的事情已然"消毒"完毕。

夕阳西下，作家拉上窗帘。他按键垂下小屋的眼皮，并确认没在这里落下任何东西。那天夜晚，他神不知鬼不觉地离开了度假村。一个熟悉岛上地形的孩子在度假村外等着他。星期日一早，也就是过了几小时后的天亮之际，他会搭乘事先准备好的专用小船离开。按原计划，这艘小船应该有两名乘客。然而昨晚尤娜因为交通事故离世。作家坚信尤娜并非死于一场偶然的交通事故。因为尤娜的死亡没有出现在作家写的剧本里，而且也没有计划把尤娜的遗体当作"人体模特"来使用。事态的发展已经脱离了他的剧本。尤娜死了，卢克会号啕大哭吧。这么一来，保罗期待的爱情悲剧算是圆满上映，可这并非出自作家的构思。作家完稿的剧本里，只有这对恋人在沙漠离别的场景，仅此而已。

　　那是一个悄然无声的清晨，成千上万的仙人掌随着流星的光亮、迎着繁星点点的天空冒出了高低不平的花苞。卢克将手伸进T恤，两人身上盖着的毛毯滑落下来。卢克把头埋进T恤里面，他的双眼噙着泪。卢克用那双眼睛凝视着尤娜。东方既白，卢克的脸上也有了生气。他低声细语道："我会想你的。"
　　美奈的一天就这样拉开了序幕。而那是他们最后一次见面。

然而，尤娜脱离了剧情。尤娜和卢克，两人在剧情最后一幕后，又见了一次面。随着卢克出差的日子临近，尤娜不由得焦躁起来。因为这可能是两人最后一次说话的机会。尤娜的脑海中像圣诞树一般，像宇宙中的群星一般，闪耀着光芒。与此同时，卢克的大脑中也发生了相同的现象。虽然没有人能目睹，但是事实确实如此。接着卢克最后敲了尤娜的房门。虽然小屋的眼皮是垂下的，但尤娜知道敲门的是卢克，于是打开了门。卢克对尤娜说,等他在胡志明市办完事情,就会在那里等她,并送她到机场。还说就算如此,两人也不会分开太久。

卢克向尤娜说下这些誓言,然后两人就像最后一吻般拥抱吻别,尤娜叫住了匆忙跑开的卢克。尤娜必须向卢克倾诉的不是爱意,而是其他事。不,正因为她爱卢克,所以她才非说那些话不可。

至于尤娜对卢克交了多少底,为什么她会做出那样的决定,作家一无所知。但可以确定的是泄密者死了。尤娜这一死,对作家而言也造成了威胁。如果说尤娜之死让他有所领悟,那就是以下事实——最好离开这里。钱已到账,现在正是绝佳时机。

星期日的美奈准备就绪。男人1号把既定数目的密封布袋分配到卡车的货仓。至于布袋里装的是什么,男人1号一无所知,他也不想去确认布袋里究竟装了什么。不确认倒是落得个轻松自在。反正这些物品也是男人1号从女人7号那里拿过来的,接下来,他只需将物品交给司机就万事大吉了。

男人12号坐上了五辆卡车中的一辆。每辆卡车的目的地略有不同。男人12号必须前往红沙漠的1号坑洞。他也不知道货仓里装的是什么。他只是单纯因为淡季还能找到活儿干而开心。他的任务是将装载的货物倒进1号坑洞。虽然不知道1号坑洞具体在哪儿,但他听说只要到了沙漠的入口,就会有人引导。凌晨两点半,没有路灯的路上黑漆漆的,但前往沙漠并不困难。去往红沙漠的路上，白沙漠充当了路灯的角色，月光也分外明亮。

　　男人12号的身后，男人16号驱车疾驶。他果然也是朝着红沙漠的方向，不过他心里却一直觉得很不对劲。这份工钱给得太多了。以一份把货物运送到工地的工作来说，给的酬劳比平常多得太多，这让他心生不安。不过他无法得知货仓里装的到底是什么货物，只知道一到时间，自己就要坐上预定编号的卡车，然后把货物运送到目的地。当知道还有几个人和自己一样，驾驶卡车奔驰在路上时，他非但没有心安，反而更添了几分不安。是要打仗了吗？他的脑海中浮现出各种想法。男人12号与男人16号去的似乎是同一个目的地。然而跑在前头的男人12号突然消失不见了。就在男人16号心想"男人12号是驾车飞上天了吗"的时候，说时迟那时快，那辆卡车径直坠落在了男人16号的卡车上头。道路好似一根长条糖一飞冲天。四面八方响起震耳欲聋的噪声。这是先前从未响起的警报声。男人16号在闭上眼之前，看见一堆人体不知是从男人12号的卡车，还是从自己的卡车上坠落，总之遗体一定是从他们驾驶的一辆卡车的货仓中如波涛般倾泻而下的。虽然只是匆匆一瞥，但能看到这些遗体都面带表情。其中似乎有许久未见的人，有相当面熟的人，也有完全面生不知身份的人——他们的遗体像石头一般坠落，有几具还撞上了卡车，砸破了车窗，朝着司机的脸的方向坠落。

　　这两辆朝着相同方向疾驶的卡车同时倾倒。承载着卡车的这条道路脱离了原本的轨道，波浪冲上了地面。整个村庄还在熟睡中，男人2号猛地被警报声惊醒。他望着挂在墙上的时钟。现在是凌晨三点，离活动开始还有好几个小时。尽管男人2号试图睡个回笼觉，但奇怪的是怎么也睡不着。他甚至还有些浮躁——一种由紧张和恐惧带来的浮躁。

预先得知自己的死期究竟是毒药还是解药——自从男人2号被交付工作的那天起，他便一直思考着这个问题。他的父亲长期患病，已经离世。母亲不久后也生了重病。因为买不上药而一命呜呼的历史，在他们家代代相传。男人2号几小时后就可能迎来被土活埋的命运，但他却不知道这究竟是自己的宿命，还是他自己选择的命运。虽然是自愿成为死者，但那是因为他有非死不可的理由，因为他别无选择，也许这正是他的宿命。今天的活动一旦开始，他的账户就会汇入四千美元。这笔钱的数目远远超过交通事故的死亡赔偿金。据说这是这次事件的各个角色中酬劳最高的。只要有了这笔钱，家中剩下的人就不用再背负买不起药而丧命的悲惨结局了。家里还剩下老母亲和两个孩子。老婆在多年前远走他乡后再无消息。如果老婆还在身边，状况也许有所不同，不过这种假设如今毫无意义。

男人2号开始刮起了胡子。他需要发挥演技，因为在他临死之前，要让高塔附近的监控拍到几次他的画面，也许出于这个缘故，他甚至觉得这不是去赴死，而是一场游戏。男人2号百感交集，胸中传来一阵刺痛。尽管如此，在他的周围密布着种种要素——证明他的决定是正确的。当然，他也可能幸免于难。他停下刮胡子的动作，凝视着镜子，稍后想起了几件他必须要做的事。他必须驾驶四驱车,冲向红沙漠的1号坑洞。因为坑洞的大小、深度十分惊人,所以冲向那里的人,尤其是连同庞大的物体一同入坑的人,死亡的概率相当高。不过也有一定的概率能保住性命。如果他运气够好,不但揽下了四千美元,还能九死一生。如果他能幸免,接下来还有几句台词要说。他试着背诵台词,却发现想不起来,不由得怒上心头。竟然忘了幸免后的台词,这实在太叫人生气了。

这份差事是个机会。要不是他与 Belle Époque 的经理有交情,他都不会有机会听说这份差事。明明这条路是自己选的,不知道为什么自己还有一丝冤屈的感觉。远处传来的警报声持续响个不停。活动计划在早晨八点开始。这时候响起警报,真是奇怪。门微微打开,却不知是谁开的门。男人2号使劲握住了门把。门打开的一瞬间,男人2号的眼睛、鼻子、嘴,七窍洞开。泥土、水流汹涌灌入"洞"内。刺耳的风声、波浪声,废旧金属声湮没了男人2号的悲鸣声。

悲鸣声如山中回响挨家挨户传了个遍。屋顶接连倒塌,地面连环塌陷,一同被吸进了海平面的那一头。

女人5号正在使用吸尘器。虽然凌晨三点用吸尘器非比寻常,但今天是例外。女人5号决定今天送走长年作为植物人苟活的孩子。上次与孩子对话是在四年前,对话只是"我出门了""好哦"而已。去上学的孩子,最终出现在了医院,然后就一直没有苏醒过来。她早早被告知必须摘除她孩子身上的呼吸器。医院方面声称已经尽力,要求她付清欠款。女人打算今天抱着孩子,纵身跳入2号坑洞。据说她纵身跳入的那一刻，钱就会汇入账户。女人写下的是邻居老友的账户。但是连她自己也难以理解，为什么非要在了结一切的时候使用吸尘器。

平时这台吸尘器的集尘袋总是鼓鼓囊囊，偏偏今天什么也吸不进来。女人5号听不见外面的噪声。就当她将吸尘器的强度调至最强，走出卧室的时候，破碎的玻璃窗像月光一般撒入房内。女人5号当时还觉得眼前是月光，但光线刺眼不能久视。侵入者体型庞大呈灰色。在其脚掌之下，女人5号三两下折了脖子。唯一幸存的只有那台还张着嘴呼吸的吸尘器。吸尘器像是吞下了比平时大得多的东西似的，发出了噎住的声音。

男人4号听见警报声后，启动了摩托车。这比约好的时间早太多了，真是奇怪。他给负责人打电话，但没人接听。据他所知，负责人是女人21号，只不过她似乎还在睡梦中。他又一次听到了警报声。他正在等待卡车。他原本被告知当不远处驶来一辆卡车时，警报声会顺势响起，时间是早晨八点左右。他的任务是当卡车驶来，警报声响起后，按下开关。可是眼下这顺序不都乱套了吗？卡车来迟了，警报响早了，虽然他心中很疑惑，不过这座岛上之前从未响起过警报声，所以这一定是货真价实的信号。男人4号必须按下与2号坑洞连接的开关。但是他不太清楚按下这个开关后，接下来会发生什么。他只知道光是在凌晨时分按下这个开关，他就能得到报酬。男人4号甚至不知道2号坑洞具体在什么位置，只知道自己按下高塔下方写着2号的按钮即可。这不是什么难事。虽然总觉得事情有些蹊跷,但他最后还是压下了好奇心。

塔下已经来了好几个人。大家的表情大同小异。当警报声再次响起时,人们还有些一愣一愣的,分不清该把它视作信号,还是操作失误。警报声预计响起的时刻是八点十一分。早了好几个小时响起的警报声虽然让人难以信服,但随着警报声覆盖的区域逐渐扩大,人们的身体似乎也条件反射般地表示要开始行动了。大家有些惊慌失措,不知道现在该抓住绳索,还是应该按下开关,或者等到预定的时间再行动。高塔上方,女人8号探出了头。她的脸上也是一副困惑混乱的表情。就在提出没有和女人21号通上电话,是不是该有个人去度假村看一下的时候,男人20号和男人4号同时举起了手。最终决定由男人4号去度假村,男人20号原地待命。他们都有各自要扮演的角色和与之对应的酬劳,所以无法擅自离开现场。尽管知道会上演什么剧情,但男人20号怎么也甩不掉心头咯噔一沉,直压腰背般的压抑感。事到如今,他一下子害怕起来。男人20号也和许多人一样,比起性命,他更需要钱,所以才会报名参加。但有些人似乎不想赔上性命。那些人获取的酬劳一定比较少。可是此时此刻,他却想活下来。死亡并没有他想象中那么简单。他想逃跑。他想以去度假村为借口离开现场。就这么原地不动,站在即将成为自己坟墓的地方傻等着活动开始——实在让他害怕不已,近乎发狂。

男人4号骑着摩托车前往度假村后,男人20号双腿一软,瘫坐在地上。看到其他人的表情后,他更加害怕了。男人20号的口袋里装着足以表明他的身份、足以佐证他感人故事的妻子的相片。那张相片是合成的。充当妻子角色的女人10号还未到场。他们是结婚不到三个月便遭遇变故的不幸家庭。然而男人20号却对女人10号不甚了解。他们大概聊过三次，是在他们接下男人20号和女人10号的角色之后发生的。他能了解她的时间就只有在开会与练习的时候。然而不知不觉之中，男人20号把女人10号当成了自己真正的妻子。当然这只是他一厢情愿，男人20号真心想与女人10号牵手、亲吻、谈天说地，许下各种誓言。他们两人很相似。无论是先前生活的环境，还是现在做出的选择，或是未来故事的走向。

不见女人10号到场，男人20号变得更加不安。警报声再一次响起，有人开始行动起来。男人4号还未返回，有人已经按下了开关。1号坑洞开始坍塌。与此同时，不远处2号坑洞一侧也传来了声响。事先放好的地摊、手推车等布景道具，发出悲鸣般的巨响扬起漫天尘土；又像挣扎一般卷起尘沙倾泻而下。男人20号必须纵身一跃，让自己的重量落在1号坑洞和2号坑洞之间如沼泽地般的区域，那里的地面只等他脚一碰到，就会整个凹陷下去，然而他却怎么也迈不开步。就在他做出某项判断之前，他的身体已经朝向骚动相反的方向跑了过去。可是他却无法判断哪里是相反的方向。1号坑洞坍塌后，2号坑洞不久也会坍塌。但如今塌下来的不是洞口，而是天空。高塔像一道长长的影子，朝着他奔跑的方向应声倒下。不，或者是因为在高塔的石块崩落之前，沙漠已经翻腾着直冲云霄。高塔、沙漠，无一幸免，坍塌后都搅在了一起。

"没事的,大家别惊慌。"站在塔上的某个人这么说道。他手里拿着相机——这是他的角色。可是他的相机被卷走了,接着他的身体也被卷走了。大家都看见了一名男子的身体被卷入了地底下。那个地方不是坑洞,什么也不是——高塔断成了两截,上面的部分坠入沙子的缝隙之间,犹如盐柱般完全融化。

男人4号的摩托车抵达度假村前,甚至尚未离开沙漠之前,他就目睹了身后沙漠与高塔的坍塌,他甚至分不清哪边是上,哪边是下。很快,男人4号的摩托车也迷了路,消失得无影无踪。前往度假村的不是男人4号,也不是摩托车,而是风与浪。度假村假装与往日一样还在睡梦中,但其实早已苏醒。有的小屋里正忙着汇款,有的小屋里正忙着确认监控,有的小屋里则做好了一旦接到命令就跑出去的准备。此时警报声如悲鸣一般接连响起。这声音听起来就像是有人把喇叭撕了个粉碎似的,让人不禁起鸡皮疙瘩。惊涛骇浪吞下了身体、房屋、书本。受到惊吓的文字仿佛鱼儿般全数跳出了书本。接着在某个时刻,一切又如坟地一般静籁无声。

电力、声响、行动,全都停了下来,还有动静的只剩下夜晚的表情与些许噪声。当晚经理办公室的房门前,有个声音说道:"贵宾来了。"

经理抬起头,眼前这位贵宾现身了。谁也没有邀请这位贵宾。有着如巨山一般的身躯,以大海为跳板站了起来,长年漂泊在海上的这位贵宾,在经理面前伸了个懒腰后,就原地崩塌瓦解了。经理慌忙跑向逃生楼梯。可是地面已经舞动起来。经理每迈出一步，每踩下一脚，地面就像摩西行神迹[①]一般一分为二。地面的缝隙之间探出了粗壮的树根。树根中最老的一根缠住了经理的脚踝。数百年才出现一次的光景在一瞬间发生了，一转眼一切归于平静。

波浪拥抱着垃圾浮岛，越过沙漠的脊背，一举闯入了村庄的中心。来自异国的垃圾——那些冲破国境辗转漂浮的垃圾——袭击美奈的时间是凌晨三点。这些废弃物越积越大，还与太平洋上的众多浮尸结伴而行。仅仅四分钟，美奈就化为一片废墟。而且巧的是，当天正是八月的第一个星期日。有些人只当计划中的活动提前了，仍然恪尽职守，扮演好自己的角色。有些人认识到眼前的这些与原定计划毫无关系，但即便如此，这也无法改变他们的结局。

早晨八点，到了预定时间，太阳像是为了照亮昨晚的惨状般，从地平线上升起。许多人紧闭双眼，躺在沙漠、躺在路上、躺在度假村和海滩上。一切如此公平。不分部族、不分阶级，也不分地域。所有人都交缠在了一起，那些人闭着双眼，不发一语。眼前难以置信的画面惨不忍睹，让站着的人们也纷纷闭上了眼。

如果你从很远的高处俯瞰美奈，甚至分不清哪些是人，哪些是被丢弃的垃圾。损失最为惨重的是拥有最广阔海岸线的

[①]出自圣经篇章《出埃及记》。

度假村一带。几部来不及上演的剧本散落在度假村的各个角落，任凭风随意翻页。强风阵阵，波浪滔滔，仿佛都想磨掉、抹去剧本上的文字。

幸存者中大部分都在红树林中被发现。其中若是有眼力好的人，说不定昨晚日落后目睹了无数鳄鱼移动的场景。以船为家的房子，装有马达或者没有马达的房子，无力缴付税金的房子，住在美奈日子却过不下去的房子，以及最重要的——若不离开美奈，天一亮就会尽数倒塌的房子——这些房子横跨海面，排成数列。

鳄鱼们的水上小屋已经驶向红树林。这个主意是尤娜想出来的。红树林足以掩护许多东西。

凌晨时刻，与尤娜分别后，卢克跑向了水上小屋。他告诉鳄鱼们，居住许可只是一个陷阱，并要他们在星期六的夜晚偷偷向红树林移动。有些人对卢克有疑心，有些人甚至不相信卢克说的话。不过对卢克而言，他能做的就只有这些。

越南出差的行程一共三天。卢克无法拒绝这场突如其来的出差，而且他以为自己还能在胡志明市看着尤娜踏上归程。卢克静静凝视着眼前父母留下的残垣断壁，转身向码头出发。星期六的夜晚，有人听从卢克的劝说行动起来，也有人无法付诸行动。决定采取行动的水上小屋，像鳄鱼般往水深处移动并穿越海洋。他们进入红树林，熬过了一晚。他们明白早上提及的居住许可十分危险。为了避开即将在早晨上演的卑鄙圈套，他们开始移动起来。只是还没到早晨，身边的一切都摇晃起来。海啸横行于美奈之际，一株株百年老树的树根紧紧搂住鳄鱼们。天亮后，这些鳄鱼发现自己占了岛上幸存者的多数。这些幸存者没有要记的台词，也没有练习过台词，甚至也没有与众不同的背景故事。他们既未事先排练，也无酬劳可领，但他们的故事像头破血流一般流向了大海。

尾声 红树林 ——

北上，

低气压、梅雨、某人的讣告。

南下，

罢工、垃圾、故事。

故事。

过去的一周，运作效率最高的是死讯。出殡日一过，自然失去了短暂的时效，所以得快速办理。

消息始于美奈。这个地名，没听过的人要比听过的人多。某天夜里，在一场巨大的海啸的席卷之下，这里的一切生活都戛然而止，化作了点、点、点。在美奈海岸触礁的垃圾岛像点、点、点一般离散分布。印有韩语的塑料制品像遭遇海难的船员，一个个在海滩上仰面朝天。

这座垃圾岛比离开南海岸时又大了一圈，它一夕之间脱离了预测路线，飘向了美奈。那些预测垃圾漂流路线的人们，现在开始反向追踪其漂流路线。结果他们却找不出导致垃圾脱离路线的任何人为因素。唯一能解释通的就是地球自身形成的一股强风，一股强气流突然改变了垃圾岛的路线。总之，令人眼熟的垃圾遍布异国的海岸和道路——这一光景足以抓住韩国人的眼球。

勤快的调查员们还在沙漠中发现了天坑的痕迹。专家们是这么说的：建造红沙漠高塔的过程中似乎存在违规施工的情况，导致美奈地基脆弱，加上暴雨、干旱轮番侵袭，最终引发了天坑现象。这一反应完全在作家的预料之内。只是遇上了让天坑相形见绌的强力海啸，作者无缘见证这一反应。他成了五百余名遇难者中的一位。他的遗体在美奈码头的一个烟灰缸前被发现。正是最后一支烟决定了他的生死。

人们从作家的包里发现了一沓纸——令人惊讶的是，这些纸竟然完好无损。那正是黄俊模创作的剧本，该剧本以八月的美奈为背景展开，吸引了众人的目光。同样是发生在八月的第一个星期日，差别只在于袭击美奈的是天坑而不是海啸。由于各种情况十分相似，人们难以分清这是虚构还是写实——这究竟是一份生死存亡之间的惊人记录，还是一个让人寒毛直竖的虚构故事。

大家把注意力集中在剧本中的一名韩国女子身上。她的名字叫高尤娜，一名困于异地、死于灾难的旅行社员工。当有人在度假村的残骸里发现这名韩国女子的物品时，人们对剧本的关心程度水涨船高。至今并未发现任何一具可能是尤娜的遗体，但有几个人弄到了剧本，试着寻找剧本中的其他人物。

向丛林旅行社打听尤娜消息的人越来越多。其中大部分是媒体打来的电话。尤娜的继任者对尤娜的长相没什么印象，却忙于回忆与尤娜相关的点滴，不过这名继任者难以判断如何回答才更接近正确答案。人们都说，他们想听的是尤娜私底下的一面。可是继任者对私底下的尤娜一无所知。虽然这家公司向来因公私不分而"扬名"在外，但这位继任者对尤娜的逸事知之甚少。事实摆在眼前——高尤娜要么是一个雁过无痕的角色，要么是一个早已被人遗忘的人物。对尤娜的逸事略知一二的人们，你一言我一语拼凑出几条线索并对外公布。其中有尤娜弄丢一双加单只鞋的故事；有黯然退出自己埋头苦干的某项策划案而伤心不已的故事；也有她在旅途当地迷路的故事；甚至还有她自告奋勇留在旅行地的故事；一些倘若尤娜活在世上根本无人记得的故事；还有一些无从考证子虚乌有的故事。

尤娜的继任者接下了美奈的策划案，她处理相关事宜雷厉风行，就像是处理有效期短暂的讣告似的。打开尤娜的邮箱查看邮件并不困难，反正那些策划案都会传送回首尔，美奈的旅行策划案是尤娜策划的所有项目中最活力四射的一个。当然，这个策划案需要稍作修改。火山、温泉和沙漠的天坑都已化作一片狼藉，需要向里头填上新的噱头。其中一个具有代表性的景点是红沙漠上断成两截的高塔。海啸把保罗出资建造的高塔拦腰截断，好巧不巧，一棵大树像鸟巢一般嵌在高塔的断层之间，这一带数量众多的"绞杀者无花果树"的树根竟然毫发无损紧紧缠绕着高塔，成为一道颇具看头的景观。塔仿佛成了树木的新宿主。这一风景就放在了宣传资料的封面上。

这张照片作为美奈经历浩劫最具代表性的画面广为流传，

而在美奈当地,围绕是否要拆除这座塔的争议僵持不下。美奈获得了灾区重建方案的补助,可是针对高塔的意见却无法统一。有些人认为,从视觉上说,这将成为让后人铭记的警钟;而另一些人认为这是一道伤痛的痕迹,尽快清除才是上策。在这场论战之中,塔与树不安地共度了一整个季节。

趁着美奈的故事尚未彻底被人遗忘,趁着断成两截的高塔还在原地挣扎,旅行社的旅行项目启动了。美奈恰好进入旱季,很适合旅行。教训、冲击、志愿、慰藉——人们出于不同的目的来到了美奈。一众游客领到的旅行指南的第三章里,记录着不幸在出差期间命殒他乡的旅行策划人员的名字和她的事迹。尤娜的名字带来了宣传奇效。导游露也推出了高尤娜和黄俊模的回忆录,为宣传效果尽了一份力。

天蒙蒙亮,红树林一带比太阳起得更早的是相机。这片在惊天海啸之下毅然存活下来的红树林,它惊人的生命力让游客们啧啧称奇。停泊在此处的水上小屋,不用再四处漂泊。有人手持一本偌大的书,坐在水上小屋前。这本书挡住了人的面容,书的封面上写有高尤娜的名字。游客们可以绕到坐着看书的人的后面,看着书里的内容。这本翻开的书中的某一页附有一张大型相机的照片,这一页的另一面则附上了美元的标识。有些游客花上一美元,用相机拍下了读书人的照片。

卢克也是幸存者之一。因为他当时人在外地,幸运躲过了八月第一个星期日的惨剧。然而回到美奈后,当得知尤娜并未平安返回韩国的消息时,他崩溃了。虽然他当时在胡志明市没能遇上尤娜,但他深信那是因为行程上出了小小的差错。可是尤娜被人发现时,已经变成了一具冰冷的尸体。卢克悲痛欲绝——他脚步踉跄,向着大海放声呼喊。有人竟然认出了他就是剧本中的卢克,便前来细细打听他的故事。还有人想拍下他的照片。甚至有人把照相机或录音设备凑到他跟前。

"不远处,我看见那名女子的裙摆随风摇曳,那是一条红色短裙。她走到塔的中段时,在石头的缝隙里,那条红色裙摆宛如信号灯一般,忽闪忽灭。我顿时感到天旋地转,这便是我俩故事的开始。"

这是黄俊模写的剧本里卢克的台词。说不定人们期待从卢克口中听到这些话,可是卢克一言不发。卢克缄默不语,但人们不以为然,不肯轻易放过他,那是因为从尤娜留下的一台相机里复原了几张照片。其中一张是失焦的卢克的照片,另一张是卢克和尤娜躺在小船上的照片。这两张照片表明黄俊模的剧本可能并非纯属虚构。然而无法定睛直视照片的,就只有卢克一人。

"您和高尤娜小姐是什么关系?是情侣关系吗?"

大家提问。

"在事件发生前,你最后一次见到高尤娜小姐是什么时候?"

"你知道高尤娜小姐的尸体可能会在哪里吗?"

"根据那份记录,您是高尤娜小姐在当地的恋人吧?"

他们问的问题直白又无礼。之后这些问题出现的频率降低,提问方式也委婉起来。面对默不作声的卢克,人们最终抛出了以下问题。

"您认识高尤娜小姐吗？"

卢克用冷漠的口吻回答："不认识。"

卢克背对着人们，然而一句谎言拯救不了他。

"能藏的地方好像只有那片树林，那片红树林。"

尤娜当时为鳄鱼们想到的藏身之处，如今却成了死去的尤娜唯一的栖身之所。

大海向陆地又逼近了一巴掌的距离，卢克朝着这片海走去。他想着远风拂过沙土留下的痕迹宛如她的肌肤；他想着自己不能把她的身体、她的故事轻易交给他人，卢克就这样走向大海。从尤娜的祖国漂洋过海来到这里的物品，仍然散落在海岸。这些物品上的文字，卢克有的读得懂，有的读不懂。卢克往红树林深处走去。他走向一个狭窄的通道，一个任何相机的快门声、任何新闻媒体都追不上他的通道。沿着这条路逆行向上走时，卢克的脑海中，无人能见的星星忽闪忽灭，反复不停。

他身后不知何处传来了移除高塔的施工噪声。若不是树根像钟摆一般在风中摇摆，说不定塔和树会一直保持原位。最后出于安全考虑，大家决定将那棵树从高塔中肢解移除，那座塔也将从地面被连根拔起。大家花了几个月的时间发愁怎么解决，真到了肢解移除树木的时候，才花了不到十分钟。在塔与树木之间，几具遗体像成熟的果实一般，窸窸窣窣抖落出来。但尤娜并不在其中。

作者的话

写作期间，总会因为被某种情绪左右而心绪不宁，最适合说明这种情绪的便是温度。这种情绪显示出恰如其分的温暖和慵懒，给予我某种光合作用的效果。我在咖啡厅常选的座位基本是靠墙、能远望整面玻璃窗、比起向阳更接近背阴一侧的那种，但在写作的时候，我莫名地感觉全身肌肤仿佛变成了太阳能集热板。

一旦全身肌肤化作太阳能集热板，世间万物无不带来刺激，无不相互关联。曾几何时，我梦想披上甲壳类动物的坚硬外壳着手写作。我想着躲在这层外壳下面，对外来的刺激变得迟钝一些，可是写着写着，却适得其反。正如前文所说，我成了一块没有护膜、孤零零地立在那里的太阳能集热板。换言之，我并非进入外壳内，而是成了外壳本身。

创作《夜行者》期间，季节更替了两次，抑或三次。我要感谢在这段时间与我擦身而过的无数"人生"的旅行者。

2013 年 10 月

尹高恩

밤의여행자들 (BAMEUI YEOHAENGJADEUL)
by 윤고은 (Yun Ko-eun)
Copyright © by Yun Ko-Eun, 2013
All rights reserved.
Originally published in Korea by MINUMSA Publishing Co.,Ltd.
This edition is published by arrangement with Minumsa Publishing Co.,Ltd.
c/o Barbara J Zitwer Agency & Imprima Korea Agency
Simplified Chinese edition copyright © 2025 New Star Press Co.,Ltd.
All rights reserved.

图书在版编目（CIP）数据

夜行者 /（韩）尹高恩著；陈欣译. -- 北京：新星出版社, 2025.3. -- ISBN 978-7-5133-5619-0
Ⅰ. I312.645
中国国家版本馆 CIP 数据核字第 2025DR1434 号

午夜文库
谢刚 主持

夜行者

[韩] 尹高恩 著；陈欣 译

责任编辑	刘 琦
责任校对	刘 义
责任印制	李珊珊
装帧设计	黄千芮

出 版 人	马汝军
出版发行	新星出版社
	（北京市西城区车公庄大街丙 3 号楼 8001　100044）
网　　址	www.newstarpress.com
法律顾问	北京市岳成律师事务所
印　　刷	河北尚唐印刷包装有限公司
开　　本	910mm×1230mm　1/32
印　　张	6
字　　数	94 千字
版　　次	2025 年 3 月第 1 版　　2025 年 3 月第 1 次印刷
书　　号	ISBN 978-7-5133-5619-0
定　　价	45.00 元

版权专有，侵权必究。如有印装错误，请与出版社联系。
总机：010-88310888　　传真：010-65270449　　销售中心：010-88310811